GAEA

Gaea

獵命師傳奇

FateHunter

獵命師傳奇系列【卷三】

九把刀Giddens著

「不可詩意的刀老大」之

賣雞蛋的老人

在簽書會、學校演講或是媒體訪談的時候，最常聽見對方丟出一個問題：「你的靈感是怎麼來的？」

通常我會引述作家李敖的妙語回答：「妓女不能等到性衝動才去接客，作家當然也不能等到靈感來了才寫作。」然後展示自己筆記型電腦裡彙整齊備的靈感資料庫，對方嘖嘖，我呵呵。但同樣的問題回答了幾十次後，我還是沒有說出眞正的答案。

奇異的事件發生在我十歲的那一年。

有天晚上媽叫我去雜貨店買幾顆雞蛋。我覺得很怪，因爲當時已經十點多了，而且冰箱裡有的是雞蛋，幹嘛叫我再買幾顆回來？但孝順的我還是逆來順受地出門了。

當時我跑了好幾間雜貨店都沒有買到雞蛋，正感詭異跟喪氣時，有個推著一車雞蛋的老人，在馬路對面賊兮兮地對著我笑。天！滿滿的一個推車的雞蛋耶！我看整個彰化的雞蛋都給他包了。

「雞蛋老人！可不可以賣我幾顆雞蛋！」我跑了過去。

「好啊，小朋友，你要幾顆雞蛋？」雞蛋老人摸著下巴，若有所思地笑。

「多少錢一顆？」我搔搔頭。

「很便宜啦，一顆一千塊錢！」雞蛋老人忝不知恥回答。

那麼貴！我大吃一驚，卻突然發現自己的手裡正拿著厚厚一疊千元大鈔！天！哪來這麼多錢？原來我這麼有錢！

「那麼沒辦法了，這些能買多少？」我將那捆鈔票遞給雞蛋老人。有多少買多少吧，原來雞蛋還眞不是普通的貴，以後我吃雞蛋可要細嚼慢嚥。

正當老人慢呑呑數著鈔票時，我隨意打量那一整推車的雞蛋，發現許多雞蛋都寫了名字。有史蒂芬·金、卜洛克、富樫義博、陳某、倪匡、宮部美幸、鳥山明、井上雄彥、喬治·盧卡斯、杜琪峰、宮崎駿、周星馳……

「哇，都被訂走了？好好喔。」我當時只認識鳥山明跟倪匡，覺得好炫。

「是啊，都被訂走了。來，拿去，記得喔，在你最需要的時候才能打開。」雞蛋老人用塑膠袋裝了一堆雞蛋給我，摸摸我的頭，說我乖。

告別好心的雞蛋老人，我拎著一大袋雞蛋回家了。

「什麼！你幹嘛買這麼多雞蛋！」媽哇地跳了起來，接著就是一頓罵。

「不是你叫我出去買雞蛋的嗎？」我好委屈，小小的拳頭緊握著。

「什麼？我沒叫你去買雞蛋啊，冰箱那麼多雞蛋你是不會看嗎？」媽斷然否認。

三小！不是媽妳叫我出去買雞蛋？那是誰叫我出去買雞蛋？又，我口袋裡那麼多張千元大鈔是怎麼回事？我越想越糊塗，很嘔。

總之這件事，從頭到尾都很詭異。

後來我就很氣，將那袋雞蛋放在抽屜裡，用漫畫跟武俠小說壓著。然後就在亂七八糟的童年中忘了這一回事。一晃好多年。

一九九九年冬天，我在家裡整理舊書桌時赫然發現那袋雞蛋。媽啊，據說雞蛋擺久了會臭得要命。但在丟掉之前，我發覺那些年久失修的雞蛋殼上，竟清一色寫著「九把刀」三字，恰恰跟我的大學外號吻合。

沒辦法了，只好捏著鼻子敲一個看看是怎麼一回事。

雞蛋裡頭是一張特殊材質的字條，上面有完整的故事靈感、起承轉合的架構、漂亮的結尾。講述一個大學生一早起床，竟發現自己身處語言墜落、符號失卻意義的世界。

「太屌了吧？」我逐一打破雞蛋，一個又一個故事滾出。

都市恐怖病系列，等一個人咖啡，愛情兩好三壞，打噴嚏，殺手系列，月老，紅線，哈棒傳奇，樓下的房客……

就是這麼一回事。接下來發生的事情大家都很清楚。

可惜前些日子那些臭雞蛋快被我敲光了，我開始在彰化到處尋找那個神祕的雞蛋老人，結果當然是遍尋不著。

我蹲在馬桶上越想越慌，這下要糟，我一向愛亂講大話，偷偷仗著臭雞蛋，老是說想成爲華文世界最會說故事的人，現在雞蛋沒了，寫不出威震天下的小說鐵定遭人恥笑。這一慌，肛門收縮，一顆雞蛋竟從我的屁股噗通射出。

「獵命師傳奇？」

我低頭看著破碎在馬桶裡，流出雞蛋的字條開頭。

我想，這下總可以寫一輩子的小說了吧！

獵命師傳奇系列【卷三】

獵命師傳奇

目錄

〈被遺忘的紅色暑假〉之章

第63話

如果說，上個世紀八〇年代版本的童年，可以用陽光、草叢、沙土、跟祕密基地的氣味去概括構成。

那麼，這一切都是老舊的過去。

距離上個世紀的墜落才短短四年，新世紀在全世界人類的期待下，焦灼躁鬱地想擺脫舊時代的各式遺物，但節奏僅僅是痀僂爬梭的程度。

日本東京，依舊是全亞洲升學壓力最沉重，建築物密度最高、人口最壅塞、物價指數最駭人、ＡＶ女優素質最讓人滿意的城市。想在這樣的都市，重新擁有一個二十世紀八〇年代版本的童年，已是不可能的神話。

法國後現代主義大師傅柯口中的「自我規訓」，在這個迷亂的城市裡得到最佳的印證，網路革命或是電腦遊戲時代的影響，不過是作爲體制邊陲的系統微調。

高校裡幾十萬名拚命讀書的學生，補習班裡幾十萬名頭綁白布條的萬年重考生，全都是爲了在十年後穿上燙得直挺的西裝，打上名牌領帶，進化成終生爲各大企業鞠躬盡瘁的上班族，成爲這個社會承認的體制零件之一。

暑假到了。

想上好大學，就一刻也不得鬆懈。學校老師有意按照老規矩，將所有學生的夏天，定義成七個科目……共計兩百七十頁的暑假作業。

沉重的課業負擔將耗竭掉這些高中生想花在網路遊戲、援交，與各式各樣有趣壞事上的精力，做一個對國家社會有用的螺絲釘。

但，有三個高中生可不同意。

□

「宮澤！」

兩個男孩騎著變速腳踏車，在下北澤一棟老社區公寓下迂迴盤繞，對著某棟漆成白色的三樓窗戶放聲大叫。

窗戶唰一聲打開。

靠窗的書桌上，一個正咬著可樂吸管的十六歲男孩，一隻沾滿可樂糖液的手指。

vaio筆記型電腦前，男孩掛著肥大耳機、正聽著Mr. Children樂團超屌的新歌*kurumi*。

「怎麼樣！搞定了沒？」髮膠比頭髮還多、皮膚黝黑的武藏大聲說。

「全靠你啦！」身形高大、臉方方正正的阿廣舉起雙手。

十六歲的宮澤推推略嫌笨拙的膠框眼鏡，自信地看著電腦螢幕上發生的一切。

一條紅色的粗線橫在螢幕中央，由左向右慢慢推進，底部的數字計算顯示只剩下百分之四。

百分之三。

百分之二。

百分之一。

嗶！

宮澤朝窗外伸出手，得意洋洋豎起大拇指。

「搞定。」宮澤笑道。

兩個男孩振臂狂呼，腳踏車快速在樓底下刷來刷去，大吼大叫，惹得整棟大樓的住戶幾乎都將窗戶砰聲打開，對著底下兩個小鬼叫罵。

透過一條藍色的網路線，學校的教務處電腦資料庫，在剛剛那一瞬間被宮澤設計的電腦病毒入侵。學生資料、操行記錄、入學考古題資料、各科暑假作業資料，所有一切都被屠殺殆盡。

這下子，完全沒有後顧之憂了。

二〇〇四年，屬於十六歲的宮澤與他死黨的叛逆夏天……

Action-!

第64話

炎熱的午後。

整個東京城都忙著用各式各樣的空調系統，集體將屋子內的熱氣排泄出去，戶外就像充滿瘴氣似的巨大腔腸，廢棄的墳場。

三輛腳踏車停在池袋有樂町，某社區公布欄旁。

綠色的公布欄上頭，貼著三張已開始泛黃的尋人啓事傳單。

一個小女孩，兩個小男孩。

武藏看著傳單上影印照片裡，小女孩稚氣的臉孔。

深田亞秀子，十一歲，身高一百三十四公分，體型中等，特徵爲左眼下有一顆黑痣。失蹤日期，二〇〇四年五月四日。

武藏的眼裡閃過一絲殺氣。

「武藏，我們會逮到他的。」宮澤拍拍武藏的背。

武藏全家都去北海道的親戚家渡假，而武藏沒有跟去，說要去社區的老人看護中心當義工，屆時看護中心會頒發一張證明……對升學甄試相當有利的文件。

這個義工預計蹺班二十一天，整整三個禮拜。

而宮澤揹著行李，他騙父母說要跟朋友去參加東大舉辦的高中生數理科學研究營，但其實根本沒這個營隊，從頭到尾他父母在網路上看到的招生廣告、表格下載、營隊課程安排及師資等，都是宮澤自己亂搞的偽物。

這個虛擬的營隊總共要進行二十一天，整整三個禮拜。

阿廣看著錶，下午三點半。在入夜前他們要找到某個可用的空屋「借住」才行。

阿廣揹著野營用的大包包，裡頭塞滿羽毛睡袋跟盥洗衣物。他跟爸媽說要參加國際紅十字會在溪邊舉行的叢林醫療訓練，將來對推薦進東大生物系頗有幫助。當然了，這個海市蜃樓般的活動從頭到尾也都是由他的死黨宮澤一手擘畫，連表現良好的績優證書都印好了。

這個不存在的活動總共要舉辦二十一天，整整三個禮拜。

二十一天內，這個行動就要分出勝負，他們已經鎖定「目標」。

「像個男子漢決勝負吧！」宮澤、阿廣、武藏同聲擊掌，三台腳踏車滑進社區。

灼熱的夏風吹著亞秀子尋人啟事的邊角，搭搭作響，露出下面一張更陳舊的尋人海報。

□

兩個月前，武藏所住的有樂町社區裡失蹤了一個名叫亞秀子的小女孩。

亞秀子的父母是武藏家的遠房親戚，就住在武藏家樓下。亞秀子的父母總是加班晚歸，亞秀子放學回家常會到武藏家看電視卡通、一起吃晚飯，直到她的父母連聲道謝下地將亞秀子接回家。

武藏很會畫漫畫，活潑的亞秀子看完電視後，常常跑到武藏房間纏著武藏畫這個畫那個，讓她帶去學校獻寶；一下子是當紅的海賊王，一下子是美少女戰士，就連機械線條的鋼彈都難不倒武藏。

「我長大以後，要當武藏的新娘子。」亞秀子動不動就對武藏說這句常常出現在愛情故事裡的童稚對白。

可惜武藏並不是羅莉控，甚至常對亞秀子露出不耐煩的表情，有時為了逃避教亞秀子功課或畫漫畫，他還會將房門反鎖，不讓亞秀子進去他的房間。

但可愛的亞秀子失蹤了，在一個放學後的黃昏。

附近派出所的警察來家裡跟樓下亞秀子家問過兩次話後，這件事就不再有下文，變成管區裡的失蹤人口檔案，褪化成一張在風吹雨打下開始泛黃的尋人啓事。

夜夜傳來亞秀子父母的哭聲、捶牆聲，讓武藏分外心痛。

他不見了一個很煩很煩的妹妹，一個老是嚷著長大要嫁給他的妹妹。

於是，武藏在兩個好友的幫忙下，開始著手調查亞秀子的下落。

什麼書都亂看一通的宮澤說，根據統計與社區記錄，若將亞秀子的失蹤歸因為「犯罪」，可以得出以下的推論。

亞秀子的父母並沒有接到綁架電話，所以這不是擄人勒贖，而是「誘拐」。

誘拐兒童的凶手大部分都是跨地區型的慣犯，有九成二是臨時起意的「機會型犯罪」。這類凶手膽子很小，同一個地區不敢連續行凶，或是沒有能力連續犯罪，怕被查出地緣關係，或是畏懼被不熟悉的社區隱藏式錄影機拍到誘拐的過程。

誘拐兒童的案件裡，有百分之四十二都涉及到戀童癖。如果將範圍縮小到女童，則有高達百分之八十四的機率有性侵害的情節。這類的案件，兒童尋回的機率只有百分之二十一。大部分受害者都會在情急下被犯人殺死，毀屍滅跡。

阿廣的叔叔是在東京警視廳上班的高階刑警，靠著這層關係，三人到社區派出所巴著基層員警，調閱出附近地區的人口失蹤記錄，發現每隔一段時間……大約是一個月的週期，這個社區就會有未成年兒童失蹤，或是有外地人的兒童在這附近下落不明。從這一點來看，凶手在統計上悖反了「誘拐型犯人」的機會型犯罪側寫，似乎有恃無恐地連續犯罪。這是疑點一。

若反推算兒童失蹤的時間，都是即將入夜的黃昏時刻，或是夜幕降臨。連續兩年共計二十四個兒童失蹤，無一不是在夜晚發生的犯罪。這是疑點二。

這個社區總共有八台隱藏式攝影機，但都沒有拍到任何跟犯罪有關的過程，倒是有男童或女童失蹤前一刻在街上活動的樣子，往往在下一刻就離奇消失，顯示犯人非常熟悉攝影機的位置，有顯著的地緣關係。這是疑點三。

二十四起失蹤案件，卻沒有任何屍體被任何人發現。這是疑點四。

連續犯，夜晚，地緣關係……沒有屍體。

這是非常典型的連續殺人犯serial killer profile；但以上四個疑點並非眞正的疑點，連續二十四次得手卻始終沒有落網或留下任何蛛絲馬跡，才是最大的疑點！

就在這個社區擁有小孩子的人家開始搬出、或計畫搬出的此時，宮澤從網路侵入戶政事務所的資料庫，釐清這附近社區所有住戶成員的背景資料。

□

一個月前，宮澤房裡。

「武藏，這是所有單身住戶的資料，我們查查裡頭有沒有奇怪的人。」宮澤列印出三十幾張A４大小的資料。

他所讀的偵探小說跟犯罪電影都告訴他，「單身」是連續殺人犯的最基礎特徵。

武藏聽著音樂，躺在宮澤床上用紅筆畫記他對資料上照片的印象。這可是項盲目到近乎愚蠢的工程，因爲這城市太過疏離，資料上的照片幾乎都不是武藏所熟悉的面孔。

宮澤一向是個好軍師，他怎麼說，其他兩個人照辦。宮澤認爲即使一開始沒有頭緒，但只要手邊進行著什麼，靈感就可能從中迸發。更重要的是，忙碌可以保持鬥志。

阿廣推門進來，一身是汗。

「建築藍圖搞定。我一棟一棟調查過了，武藏住的社區總共有十八棟樓，其中只有兩棟樓裡的電梯跟樓梯距離很遠。」阿廣倒在武藏旁，將手中的設計圖丟給宮澤。

這是宮澤的推論。要將一個小孩打包而不被人發現，首先就要避開隨時可能有人進出的電梯，進行犯罪時須離電梯越遠越好，在樓梯行進時也可判斷是否有人正在靠近。

武藏問了是哪兩棟樓後，先尋著住址再次縮小範圍，直接比照戶政資料找到了三個單身住戶，分別是桃也小姐（百貨公司專櫃）、直木先生（魚貨批發），與今井先生（不詳）。

「直木先生的家人在大阪，只是爲了載運魚貨有時乾脆在這裡睡覺，所以不算眞正的單身。桃也小姐的工作要輪班，所以在犯罪時間上有先天的不可能。」宮澤想了想，眼睛盯著今井先生照片上略顯蒼白的臉孔，沉思。

今井有翼，男性，一九七四年六月十四日生，松島中學肄業，原戶籍地仙台。

阿廣與武藏面面相覷。

「宮澤，你的推理一直都怪怪的，論點好像都是事先想好了一樣。爲什麼兇手一定非得單身不可？」阿廣舉著啞鈴。

「邏輯優於想像力的警探是優秀的警探。但想像力凌駕邏輯的警探，不是優秀，而是偉大的警探。」宮澤眼神篤定，食指敲著腦袋又說：「邏輯是精密的歸納與統合，但想像力才是破案的超級捷徑。」

「答非所問嘛。」阿廣失笑。

「如果要認眞論述爲什麼兇手是單身，我記得有本犯罪學說過，每個連續殺人狂都想藉著凌遲、殺戮、姦屍成爲當下的上帝，但是……」宮澤瞇起眼睛，卻隱藏不住眼中的精光：「上帝只能有一個。」

阿廣打了個寒顫。武藏卻嘆了口氣，心直沉。

宮澤這異常篤定的眼神，武藏在宮澤上學期末的全國科展發表上也曾見過一次，那意味著宮澤的想法已經往最壞的方向前進。

憶四

命格：情緒格

存活：兩百年

徵兆：宿主常為往事愁眉苦臉，唉聲歎氣，記恨，陷入不知所謂的執著。「如果當時告白的是隔壁的小嫣嫣，而不是這個死八婆，該有多好？」、「如果當時有穿內褲就好了，被阿財惡作劇當眾脫掉褲子時就不會那麼糗……」都是午夜夢迴讓你快要抓狂的悔恨死結。

特質：無法忘懷特定事件，記憶力特強，對痛苦的回憶尤其無法解脫。死心眼是你的表面症狀，隱性瘋狂是你的真正特質。沒有朋友是你的下場，精神病院是你的家。噗嗤。

進化：若宿主看透因果，放下一切，將可進化成洞悉前世今生的「憶幕了然」。

（黃豪平，嫩嫩的十六歲，台北新莊）

第65話

「現在要做什麼？」武藏。

「當然是調查今井先生。」宮澤。

三輛腳踏車停在池戶大廈下，一齊走進管理員室，詢問管理員有關今井先生的作息，沒兩下就被無情地轟了出來。

「怎辦？」宮澤苦笑，看著武藏。

「我打個電話給我叔叔。」阿廣氣呼呼地拿起手機。

阿廣生得人高馬大，生長在人高馬大的警察世家裡。家族裡共有八個人在當警察，其中又以這位叔叔的警階最高，遇到什麼棘手的事，阿廣只要一通電話，這位叔叔在半小時內定能將事情辦得妥妥貼貼。

幾分鐘後，管理員陪著笑臉走出來，請三個高中生小鬼進去裡頭喝茶。

「說到今井先生啊，別說白天都沒見過他，晚上也很少看到，每個月他來繳管理費

跟房租也不說什麼話，但算是個好房客吧，從來沒欠交過管理費哩。」管理員看著資料上今井先生的照片，心忖這種可有可無的房客對自己來說是最好應付的了。

「訪客呢？有什麼人找過今井先生？或是有什麼人跟今井先生一起回來過？」阿廣問。

「沒有印象。」管理員想都沒想就回答。

「今井先生是什麼時候搬到這棟樓的？」宮澤問。從網路盜載下來的戶政資料只記載了戶政登記日期，而沒有實際的搬遷日期。

管理員搔搔頭，打開抽屜，翻著管理費繳交的帳冊記錄。

「從西元二〇〇二年六月開始，今井先生便開始繳交費用了。」管理員瞇著眼睛。

「距離現在……兩年又一個月啊。」武藏看著宮澤，眼神流露出哀傷的佩服。

管理員看了看三個小鬼，忍不住多問了一句：「請問你們找今井先生有什麼事嗎？今井先生惹上了什麼麻煩？」

比管理員還高壯的阿廣拍拍管理員的肩膀，卻想不到要說什麼。

「這是警方機密，無可奉告。」管理室的門打開。

一個高大的警佐一手亮出手中的證件，一手將灰色西裝輕輕撥開，毫無技巧地展示腰際上的佩槍。

管理員嚇得噤聲。

「叔叔！」阿廣驚喜，武藏與宮澤面面相覷。

高大的警佐笑笑，宮澤看清楚了證件上的名字：渡邊友尚。

□

池戶大廈，六〇六室。

這是間空房，裡面只有幾件連前屋主都懶得搬走的爛傢具，傾斜的床，發霉的沙發，搖搖晃晃的椅子，會發出抽抽嗚咽聲的水管。

至於爲什麼會有這間空房，當然跟這個社區連續失蹤兒童所造成的不安有關。空房率在這一年間增加了兩個百分點，此間原本的房客回到山形的老家，認爲那裡才是養育孩子的最好場所。

管理員在渡邊警佐「協同辦案」的命令下，將這間暫時沒有人住的空房「借」給宮澤等三人，約定三個禮拜期限。正好是決勝負的期限。

而「嫌疑犯」今井有翼先生，就住在這間房間的天花板上，一舉一動都不可能瞞過這四人的耳目。沒有比這更好的窺伺場所。

「叔叔，沒想到還要你親自跑一趟。」阿廣輕聲說。

「不礙，不過到了現在的地步，也該跟我說說你們到底在玩什麼把戲吧？」渡邊警佐笑笑，也刻意壓低聲音。

阿廣跟武藏看著宮澤。

「事情是這樣的，大約在兩個月前，武藏的鄰居……」宮澤將事情的始末緩緩道來，包括自己看似推理的僞推理過程，鉅細靡遺無一闕漏。

渡邊警佐認眞地聽著，不時露出驚訝與沉思的表情。

阿廣頗爲得意地看著他叔叔。他知道渡邊警佐一開始只是看在自己是他侄子的份上，用他的社會資源陪著他玩罷了；但像他這麼有經驗跟地位的刑警，聽了宮澤這一番說詞後，竟露出如此複雜的表情……宮澤，眞是個令人驕傲的朋友。

□

該怎麼說宮澤這位好友呢？

不像任何一個聰明的孩子證明自己的單調方法，例如好成績、例如非常好的成績、例如非常非常好的成績；宮澤的天賦異稟，表現在他勇於實踐陰謀論的冒險膽氣——即使是在對將來升學履歷頗有助益的科展上。

上學期末，宮澤以優異的學業成績代表班上參加校內科展選拔，才高二的他，便用〈從達爾文物競天擇假說，論電腦病毒碼與後現代網路特性的隱性競合關係〉這麼恐怖的題目擊敗群生，代表學校進一步參加東大舉辦的科展總決賽。當時全校老師都看好充滿創意巧思的宮澤能夠一舉奪魁；但當宮澤公布他的科展題目時，所有參加科展的所謂天才學生與評審，全都傻了眼。

科展題目：「論日本是吸血鬼群聚中心的可能」。

宮澤像個才華洋溢的陰謀論者，在科展海報中舉證歷歷。舉凡歸納世界各地吸血鬼的傳說對照日本傳統鬼怪故事的質化與量化分析；身爲一等富國日本進口的「銀」金屬卻相對稀少；二戰期間日軍在中國境內奇異的大屠殺事件與刻意隱瞞的部分；戰敗後美軍麥克阿瑟上將力保天皇制度的疑竇；失蹤人口的城鄉比例與先進國家極不對稱，對失蹤人口的破案率相對先進國家之差勁；醫院血庫留存量始終不明；無名屍的總量與發現率；國家研究機構投入冷凍血液保管研究的鉅額經費等等……無所不用其極去證明這個荒謬的命題。

在宮澤的天花亂墜下，這份高中生科展論文裡建構的所有一切，彷彿只欠缺了一張吸血鬼照片與自白，內容所述就能夠通通成立似的。

宮澤在科展落選了，還是史上最低分。評審連評語都懶得給，學校老師更是大爲不滿，認爲宮澤完全在亂搞。

「很正常啊，這正好證明我的論點是對的。」宮澤興奮地下了這樣的註解：「整個日本果然都被吸血鬼控制了，所以一篇能夠送我直達哈佛社科院的科展論文，在這個鳥地方卻得了最低分！」

宮澤，是阿廣跟武藏眼中的眞正英雄。

□

天花板上窸窸窣窣，開始有了某些動靜。

「這些都是你一個人想出來的？」渡邊警佐看著宮澤，聲音很低很低。

「嗯。」宮澤的眼睛閃閃發亮。

「很有意思，但缺乏證據。」渡邊沉吟：「所以你們來到這裡，蒐集今井先生犯罪的證據。」

武藏搖搖頭，堅定地看著宮澤與阿廣：「我們來這裡，是要將凶手繩之以法。」

三人齊伸手，靜靜地拳碰拳。

「我知道了。如果你們真有發現，阿廣，記得通知我。」渡邊站起，看了看錶，說：「無論如何，蒐集到齊全的證據之後，就是警方該做的事了。」指了指腰帶上的左輪手槍。

三人面面相覷。

「該發生的，就會發生。」渡邊看著天花板，用手掌在喉嚨上虛劃一斬。

這個動作令三人精神大振。

天花板上的騷動停止後，渡邊警佐便躡手躡腳離開了。

第66話

接下來的兩個禮拜，三人就在六〇六室鋪起睡袋窩居起來。

每天中午到附近商店買妥大量的零食跟飲料，並在房裡布置各種道具，包括最重要的無線網路基地台。透過夜視望遠鏡、監視器畫面轉接、跟監等方法，開始記錄關於今井先生的一切。

今井先生絕不早起，夜貓子。

今井先生白天絕不打開窗戶，更遑論窗簾總是緊閉。

今井先生甚少主動跟住戶打招呼，但會微微點頭回禮。

今井先生極少搭電梯，平日通行的樓梯，距離電梯與第二座樓梯甚遠。

今井先生絕無訪客或同行進出的友人，孤立獨行。

今井先生的信箱裡絕對空無一物，連百貨公司特價廣告紙或信用卡帳單都沒有。

今井先生從不丟垃圾。

……或者說，今井先生從不丟「眞正的垃圾」。

武藏捏著鼻子，從社區共用的大型垃圾桶裡翻出今井丟在樓下的垃圾，結果塑膠袋裡頭只有一些加工食品的包裝、空罐頭、鞋盒、空便當盒，以及大大小小的飲料紙盒。

但這些「垃圾」全都經過仔細的清洗，例如飲料紙盒被剪開、裡頭被洗刷過；又例如啃過的雞腿骨也被鹽酸之類的酸液「破壞式地沖洗」。更別提所謂的廚餘，完全沒有那樣的東西，想必都沖到馬桶裡。

最可疑的是，裡頭沒有一張用過的衛生紙。

□

「絕對不正常，原本應該跟垃圾一起丟掉的什麼，被清水跟鹽酸沖掉了？」武藏質疑。

「……口水？口水裡頭會有什麼祕密？」阿廣沉思。

兩人看著宮澤。

宮澤正用手指攪拌著杯子裡的茶水……沉思時近乎哲學家式的毛病。

「犯過謀殺罪或強姦罪的人，會格外小心體液外流。畢竟在沒有證據的情況下，警察不能強制嫌疑犯提供唾液、毛髮等任何含有ＤＮＡ的東西化驗比對，所以警方有時在鎖定嫌疑犯時，會採取跟監嫌犯，伺機收集嫌犯丟棄的垃圾的策略……」宮澤上起了犯罪偵查學的基本課程，直到他發現武藏黯然的神色才住嘴。

「別介意。亞秀子凶多吉少，我已經有心理準備了。」武藏拍拍宮澤的肩，強自和緩心情。

「找機會進去今井的房間，看看有什麼異狀。」宮澤看著電子錶上的日曆，推推眼鏡。

阿廣正色道：「又快一個月了，今井是不是犯人，很快就可以知道。也許我們還是阻止不了第二十五個小孩犧牲，但絕不會有第二十六個失蹤的小孩。」

「我只是很擔心……」宮澤看著筆記型電腦上，從管理員室轉接過來的監視器畫面。

今井每天的行經路線，幾乎都避過了大樓所有的監視器，即使被拍到，也不過是模糊閃晃的背影，絕不會見到臉孔。

「擔心什麼？」阿廣。

宮澤切換設定，電腦螢幕立刻轉接到社區監視器系統。今井戴著帽子，低頭匆匆走過十字路口。

這幾天下來，今井在經過社區攝影機的攝錄範圍時，總是習慣性地低著頭，腳步加快。什麼樣的人會這麼低調？或者說，如此刻意地畏懼曝光？

阿廣與武藏看著他們的英雄。

「還記得我的科展題目？我有很壞的直覺。」宮澤吸吮手指上的茶水。

□

每天天花板發出奇怪聲音的時間與週期，大約在下午五點半到晚上七點。

今井先生的外出時間不定，十四天裡只出去過九天時間，但絕對都在太陽下山後。

今井九次夜間外出。都由最敏捷的阿廣負責拿望遠鏡遠遠跟蹤，一邊用手機跟武藏與宮澤回報狀況。

今井外出的活動大都與購買存糧有關，偶爾會去打柏青哥娛樂，絕不在外頭逗留太久，也不見他工作，活動的範圍不會超過這個社區一公里。不曉得在低調什麼。

第十五天，晚上阿廣在某個街角跟丟了突然加速轉彎的今井。

「不是吧？好端端怎麼會跟丟了？」武藏在手機裡責備阿廣。

「我也不知道啊，我不敢跟太近，結果一下子就不見了。」阿廣恍恍惚惚地說，好像還沒清醒。

「不好的預兆。」宮澤不安。

當天晚上，這個社區第二十五個小孩失蹤了。

而管理員室與社區監視器的畫面全都缺乏今井先生的身影時，六〇六室的天花板卻出現了有人活動的細碎聲響，跟隱隱約約的、某種令人焦躁的不尋常動靜。

今井先生，竟無聲無息地回房間。

晚上十一點。

「怎辦？要報警嗎？」武藏走來走去，牙齒啃著拳頭。

阿廣一臉愧色，看著宮澤蹲在地上。

宮澤正專注研究這棟大樓的空間設計圖，與這個社區的監視器動線。他用七種顏色的螢光筆在圖上試圖勾勒出今井可能的……與常理下不可能的路線，表情越來越嚴肅。

「這傢伙不是人，是妖怪。」宮澤對今井的路線做出最後判斷，那種路線之所以可能，必須擁有三倍於常人的肌力跟數倍於常人的平衡感才能辦到。

「宮澤，要立刻報警嗎？」武藏焦躁起來。

「但就算擁有這樣的體力條件，又爲什麼要從那種詭異的困難路線，攀爬回位於大廈七樓的房間？」宮澤補充，喃喃自語。

「我問你要不要報警！」武藏憤怒，揪起宮澤的領口。

這一劇烈拉扯，宮澤的眼鏡掉在地上。

阿廣霍然站起，卻不知道該說什麼。

「冷靜點，武藏。」宮澤篤定的眼神：「如果是我猜想的狀況，現在已經來不及了。要是打電話報警，就算警察來了，今井百分之百可以逃走，然後在另一個社區繼續犯案……他有這樣的條件。」

武藏放下宮澤，頹然坐下。

「忍耐點，下次今井出門，我們闖進去他房間看一看。」宮澤撿起掉在地上的眼鏡。

第67話

隔天晚上，今井在晚上九點出門。

「目標在哪裡?做什麼?」宮澤拿著手機。

「在巷口的便利商店，已經進去了三分鐘。」阿廣回報：「上次他進去了十一分鐘，對要喝什麼飲料有些猶豫不決。根據統計，目標有七成機會購物完後會去柏青哥。」

「那我們要行動囉。」宮澤結束通訊。

武藏與宮澤於是趁機侵入今井家，但從管理員處得來的鑰匙卻打不開門。今井自己換了新鎖。

「怎辦?」武藏。

「計畫B。」宮澤。

在不能破壞門鎖進房的狀況下，身爲田徑校隊隊長的武藏只好拋下書生典型的宮澤，揹著工具箱，躡手躡腳地從樓下窗戶硬攀上去。

今井家的窗戶理所當然上鎖，但房間的燈光不算昏暗，雖然沒人在家，但電視仍開著，綜藝節目歡樂的聲音充斥了十五坪大的空間。

「還可以吧？」宮澤拿著對講機。

「腳踏得很穩，沒問題。」武藏試著從窗簾縫裡窺伺屋裡的一切。

「怎麼？有什麼發現？」宮澤反而緊張起來。

「沒什麼東西……其實也看不到什麼東西。要打破窗戶進去，假裝遭小偷嗎？」武藏瞇著眼睛，躍躍欲試。

「你瘋了嗎？」宮澤瞪大眼睛，說：「按照原定計畫。」

武藏仔細尋找不起眼的窗玻璃角落，拿起電鑽弄出一個筷子半徑大的孔，然後用橡膠吸管將殘留在窗緣的玻璃粉末抽出來，免得被發現。

此時，手機響了。

「目標提早折返，快撤退。」阿廣急促的聲音。

宮澤一驚，拿起對講機。

「武藏，目標折返！撤退！」宮澤。

「不，快好了。」武藏開始在窗戶邊角的小孔安裝針孔攝影機。

「阿廣，還有多久目標抵達！」宮澤緊張不已。

「他很接近我，我要掛了！」阿廣氣喘吁吁的聲音。

宮澤大驚，打開窗戶，看著武藏踩在七樓的高空牆垣上手忙腳亂，再看看樓下……

今井面無表情提著兩只塑膠袋，低著頭，正快速穿過管理員室，走到庭園。

「武藏！」宮澤冷汗直流，心急如焚。

「別吵，快好了。」武藏堅持，專注在手指上的小玩意兒。

今井從沒有進過電梯，總是從另一頭的樓梯通行。

宮澤深呼吸，緊握拳頭，吐出一口氣。

「武藏，我再給你三分鐘，你再不下來，我只好做鬼找你。」宮澤掛掉手機。

□

陰暗的樓梯間。

宮澤戴著耳機，吹著口哨，揹著大包包走下階梯。

他不確定「它」是否會聽見劇烈的心跳聲，但他已別無選擇，只能用熟練的口哨聲將不安的情緒掩蓋住。

樓下的腳步聲越來越近，宮澤的口哨也越來越大聲，插在口袋裡的手握緊從媽媽房裡偷出來的「銀戒」……如果自己的科展論文爲眞的話。

四樓樓梯轉角，宮澤一晃一晃大步走下，大方看著刻意低著頭、卻散發出一股陰冷氣息的今井。

今井戴著壓低的綠色帽子，與宮澤在樓梯錯身的瞬間，似乎有意無意瞥了宮澤一眼。

這是宮澤第一次與今井近距離接觸，過度飽滿的猜測與想像，讓宮澤的口哨走了調，心臟幾乎懸停。

但，宮澤想起了同樣賭命，幾乎一腳懸空的武藏。

「啊！」宮澤的左肩「不自覺」往旁一碰，撞上擦肩而過的今井。

宮澤一個踉蹌，背包脫手落空，一堆零食散落在階梯上。

今井的腳步猶疑了一秒，隨即又繼續往上踏。

「喂，撞了人不道歉，至少也幫我撿個東西吧！」宮澤拿下耳機，瞪著今井。這才從樓梯下方看清楚今井的臉孔。

比起照片，今井本人的臉孔輪廓更顯蒼白瘦削，還有一股陰鷙之氣。

今井瞪著宮澤，彷彿知道那一撞是宮澤故意找的碴。

「馬的，你很不識相喔，你不知道現在的年輕人是怎麼教訓像你這樣的中年廢渣嗎？」宮澤佯怒，捲起袖子，其實心裡怕得要死。

今井瞇起眼睛，無法看清他在想什麼……

「喂，我叫你把東西撿一撿！」宮澤用力一踢躺在地上的背包。

只見今井的身子微微前傾，喉嚨間有種奇怪的聲音咯咯咕噥著。

宮澤心中戰慄不已，眼神卻兀自佯作憤怒，握住銀戒的手早已滿是冷汗。

「想打架的話，最好弄清楚你的對手是誰……」宮澤冷冷地看著正想做出什麼的今井。

此時，樓下有腳步碰碰碰快速靠近，阿廣的大叫聲迴盪在樓梯間：「宮澤！到底要不要去網咖把妹啊！靠！你也太久了吧！」

「……」今井手壓低帽緣，轉身不理會宮澤，拾階上樓。

宮澤大罵幾聲，低頭將地上散亂的零食收拾進大包包，這才發覺自己的手已經顫抖到連零食包裝袋都無法拿好，眼淚甚至流了出來。

不知何時，阿廣已蹲在自己身旁，手裡拿著手機。

「你做得很好。」阿廣拍拍嚇到飆淚的宮澤，堅定地說：「武藏那小子已經回到房裡，那傢伙無所遁形了。」

第68話

當晚三人徹夜守在電腦螢幕前，觀察今井不可思議的夜棲活動。

今井將電視切換到新聞報導，然後開始攀行在天花板上，不停在屋子裡作三度空間的跳躍。肌力之驚人，平衡感之佳，簡直匪夷所思。

「果然……是吸血鬼。」阿廣駭然，終於說出口。

今井一邊看著各電視台播放的新聞，一邊繼續在屋子裡頭不停縱躍，像是刻意鍛鍊著自己的肌肉力量。

「原來奇怪的聲音就是這樣來的。」武藏看著天花板，手臂一陣雞皮疙瘩。

如果電視新聞停留在失蹤兒童的報導上，今井就會暫停鍛鍊性的三度空間跳躍，專注地看著新聞，不時露出尖銳的犬齒低吟。

「好險沒在樓梯間被他幹掉。」宮澤一想到幾個小時前發生的事，兩腿就發軟。

而天快亮時，今井打開冰箱的畫面瞬間，開始睏倦的三人同時被震撼的畫面嚇得差點從椅子上跌下。

一顆極其乾癟的，瞪大雙眼的頭顱。

「那是……小孩子的頭吧？」武藏快吐了。

阿廣跟宮澤則直接吐在地上。

今井不僅將小孩子綁走、殺死，還將屍體分成主要的六大塊。宮澤將畫面格放、邊緣清晰處理後，發覺死者頭顱比起尋人新聞中、照片裡的胖男孩，大幅瘦癟下去。

「血被吸光了……可見吸血鬼只要一個月完整進食一次，就能夠存續他們邪惡的生命。」宮澤昏昏沉沉地說。

但今井打開冰箱，並非吃食童屍，而是熟練地處理屍體，湮滅證據。看他的手法，應該不是打算一次就處理好，而是按部就班照某種進度操作著。

三個人各自調整情緒，眼神不斷避開電腦螢幕裡呈現的超寫實世界，直到今井將窗簾徹底拉下封好，進入黑色的睡袋裡入眠，宮澤才結束監視畫面。

吸血鬼啊……脫離現實的邪惡敵人。這案件裡的四個疑點都解開了。

一切，就跟宮澤一開始猜想的狀況一模一樣。

「如果你們想逃跑，我也不會怪你們。我一個人就能殺死那個混蛋。」武藏首先開口，似乎忘記今井駭人的體能條件。

「你在說什麼啊？該是報仇的時候，這才是男子漢。」阿廣握拳，分不清楚背上的汗，是因爲害怕，還是過度興奮。

「既然確定凶手是吸血鬼，就要有對付吸血鬼的辦法。從現在起到中午陽光最盛的時候，還有七個小時，一定要準備好所有的東西。一起祈禱今天不是陰天吧！」宮澤雙手摩擦，想藉此將恐懼感摩擦掉似的。

對付吸血鬼的方法，許多恐怖電影或漫畫都大同小異：陽光、銀、大蒜、木樁，聖水等等，宮澤認爲其中可信度最高的，莫過於陽光跟銀。

「我只有一枚銀戒……還要更多。」宮澤說：「我記得良子家是金飾店，去她家借點銀粉吧，武藏，良子一直很喜歡妳，這件事你看著辦。」

武藏一臉苦惱。

「阿廣，你去找你叔叔，請他跟消防隊要幾件最亮的防火衣。」宮澤看著阿廣：「我在這裡等你們回來，負責祈禱中午陽光充足。三個小時後這裡見。」

「等等，我要怎麼跟我叔叔說？跟他說我們打算宰一隻吸血鬼？」阿廣張大嘴巴。

「是啊，他越當我們在兒戲，防火衣就越容易借到。」宮澤說：「開始行動，像個男子漢決勝負吧！」

□

三人分頭進行。

武藏到超商買了好幾把銳利的生魚片刀，然後將刀子拿去良子家開的金飾店，請良子父親將宮澤的銀戒融化，塗在每一柄生魚片刀的鋒口上。當然，區區一枚銀戒還不夠，武藏答應跟良子約會，才將十五柄生魚片刀都塗滿。

「爲什麼那麼多刀子？」宮澤傻眼。

「每個人五把，可以近戰、可以遠丟，戰鬥到至死方休。」武藏解釋。

阿廣除了順利弄到三件嶄新的隔熱防火衣，還提了一桶煤油回來。阿廣說：「先在樓梯口鋪好油，要是需要逃走時，大火可以困住他。當然了，我也不反對一開始就用火攻，只是萬一燒掉整棟房子，我們只好牢裡英雄再見了。」

而宮澤早就準備好幾面鏡子，跟一座擦得一塵不染的立身鏡。他也將針孔攝影機所拍攝到的一切錄成影片檔，預先設定好時間，電子郵件將在十個小時後自動寄到鄰近的兩間派出所，以及東京警視廳。以防萬一。

「防火衣的反射亮面屬於保護性質，立身鏡的陽光攻擊才是最正點的部分。」宮澤說：「雖然不清楚他睡得有多熟，但我們一破壞門鎖進去就拉開窗簾、打破窗戶，讓陽光照在我們身上，立於不敗之地。」

三個人穿好金光閃閃的防火衣，分配好塗妥銀粉的生魚片刀，宮澤拿著立身鏡，阿廣提著油，武藏當前鋒。這個行動打算由空手道黑帶的武藏，以一記豪爽的迴旋踢將門板踢開做開場。

指針距離正午時分還有半小時，三人將防火衣頭套摘下，在等待與醞釀的空檔裡不斷咀嚼零食，大口大口喝水。光是穿著密不透風的防火衣，就足以使人中暑。

武藏看著啓動這一切的宮澤，不由得大爲佩服。

「宮澤，一般人不會這樣聯想吧？說你推理好，不如說你愛胡思亂想，一開始就往吸血鬼這種奇怪的答案猜。」武藏。

宮澤笑笑，他的想像力一直處於控制不住的脫韁狀態。有人說，所謂的天才都是絕佳的陰謀論者，他就是這句話最好的明證。

「宮澤，我看你以後幹私家偵探吧，一定會大發利市。」阿廣用手搧風，熱到快把自己蒸熟。

「不，既然要玩就要玩最專業的，我不要在網路上偷偷摸摸，我要正大光明調動所有的資料，我要當刑警。」宮澤信誓旦旦：「然後成立一個獵殺吸血鬼的特勤組，把這個城市好好矯正一番。」

時鐘指針，已來到正午十二點。

三個年方十六歲的高二生，充滿了熱血漫畫分鏡裡，才有的高昂意志。

「終於到了這個時候，失敗的話我們會死，成功的話也可能被當作殺人犯，連我這種成績不好的笨蛋都知道，這眞是糟糕透頂的暑假。」武藏苦笑，看著身旁兩位摯友。

「是啊，殺人加縱火，我爸媽知道的話一定會氣死。」阿廣嘴巴這麼說，臉色卻是一番荒唐的得意。比起武藏的空手道迴旋踢，他也想讓自己的豪拳留下痛快的回憶。

但身爲軍師的宮澤，此刻的思慮卻突然陷入迷惘。

「怎麼了？」武藏看著宮澤，以爲文弱的宮澤臨時膽怯起來。

「我覺得不大對勁。」宮澤胸口鼓動著莫名的不安，心跳加快。

「……宮澤，你在樓梯守著油就好了，一有不對就點火。如果我們失敗了，你還得親自跟警察說明一切呢。」阿廣拍拍宮澤，爽朗地原諒宮澤的退縮。

宮澤卻一股勁搖搖頭。他知道自己雖然膽小，卻不是拋下朋友的那種人。

「我一直沒有仔細去想，但整件事最奇怪的地方……我們卻一直視而不見。」宮澤感覺到，防火衣緊緊包住的身體應當很悶熱，此時卻一陣毛骨悚然。

阿廣與武藏沾染到宮澤語氣裡的不安，面面相覷起來。

「兩年來共有二十五個小孩子失蹤，媒體卻只做單一案件的報導，而沒追蹤連續誘拐的罪行，串連……拼湊出一個可怕的圖像……好像這個連續犯根本就不存在一樣。」宮澤深呼吸，卻打了個哆嗦：「這才是最奇怪的疑點。」

「別想那麼多了，現在最——」阿廣說。

突然，門被喀喀打開！

第69話

一群穿著黑色制服、戴著強化玻璃防護帽的人魚貫走進屋子，將六〇六室裡呆晌的三人圍住。

「等等，你們是誰！」武藏駭然，卻不敢輕舉妄動，因爲至少兩柄長槍指著他的腦袋。

黑衣人不發一語，用不容分辯的肢體語言將三人分開，旋即悍然將他們強按在地上。即使是武藏這樣的功夫高手，在被壓制住脊椎關節後也無法動彈。

宮澤在被壓倒的瞬間注意到，每個黑衣人手裡都拿著附有紅外線瞄準儀的衝鋒步槍，像是霹靂小組般模樣的隊伍，高起的黑色衣領上則繡了白色的「V」字，似乎是某個特殊小組的標記。

迅速制伏三人後，六〇六室的窗戶立刻被黑色的噴漆封死，光線全然遮蔽。

陰暗空氣中瀰漫著油漆的嗆鼻氣味，還有三人焦躁驚恐的喘息。

「你們是警察吧？是我叔叔叫你們過來的吧？你們弄錯對象了，我們……」阿廣的肩膀被按得很痛，一旁瘦弱的宮澤更是痛得叫出聲來。

渡邊警佐果然從霹靂小組般的黑衣人後慢條斯理走出，但並沒有叫這些黑衣人鬆手的意思，只是看著手錶，皺著眉頭。

「叔叔！」阿廣壓低聲音，汗流浹背地說：「犯人就在樓上，他不是你們能夠應付得了的角色，他……喂！小力一點行不行！」

渡邊警佐看看錶，又看看天花板，用一種漠然的語氣說：「不能夠應付啊……」

天花板上傳來劇烈的撞擊聲，然後迅速回歸平靜。

阿廣與武藏還在掙扎不解，但渡邊警佐卻恍若未聞，只是抽著菸，偶爾用看陌生人的表情打量著侄子阿廣。

被壓在地上的宮澤早已神智澄明，完全明白是怎麼一回事，胃裡一陣厭惡的翻攪，湧起嘔吐的衝動。

半分鐘後，一雙高跟鞋矗立在宮澤面前，蹲下。

是個短髮的妙齡女子，臉上除了一副時髦的紅框墨鏡，還有讚嘆不已的甜美笑容。

手裡，卻拎著今井死不瞑目的腦袋。

「宮澤清一，很高興終於在這樣的場合看到你。」妙齡女子伸出手，幫宮澤把歪掉的眼鏡扶正。

「……」宮澤怒瞪著妙齡女子，牙齒卻不由自主打顫。

妙齡女子將今井的頭顱隨手往後一丟，立刻被一個黑衣人接住包好。

剛剛樓上的巨大撞擊聲，很明顯是這個妙齡女子殺死今井所發出的聲音。

「今井原來的名字不重要，但他並不具有惹出這種麻煩的資格，簡單說就是體制外的爛吸血鬼，擅自躲在食物裡的廢物。你很好，幫我們找出這種害群之馬，省了我們一番工夫……要知道越是龐大複雜的控制系統，裡頭越是千瘡百孔呢。」妙齡女子聳聳肩，一副「我也沒辦法」的無可奈何。

「放我們走！」宮澤勉強說出這幾個字。

「眞不愧是那篇精彩的科展論文的天才作者，我一直很期待你的後續發展呢，你這孩子果然不只是紙上談兵，還是個勇敢的實踐派，當然了，你的朋友也是功不可沒。」妙齡女子誇獎道。

宮澤咬牙切齒，全身顫抖。

「宮澤……這是怎麼回事？」武藏惶惶然。

「叔叔！叔叔！」阿廣奮力抬頭，不解地看著面無表情的渡邊警佐。

此時，阿廣與武藏頸子後被黑衣警察注射進不明的液體，隨即緩緩昏倒。

「送進皇城吧，就說是上等的食材。」妙齡女子回頭吩咐。

渡邊警佐躬身領命，幾個黑衣人拿起黑色的特殊塑膠袋，有條不紊將軟癱的阿廣與武藏「打包」進袋裡，扛起走出房間。

「你們要把阿廣跟武藏帶去哪裡！」宮澤恐懼又憤怒地咆哮。

「天啊，你該不會眞的不曉得吧？」妙齡女子假裝失望，卻掩飾不住她開玩笑的心情。

「你們這群爛吸血鬼！爛人！爛警察！全都是同流合污的混蛋！」宮澤吼得脖子都紅了：「把我的朋友放了！放了！」

渡邊警佐瞪著宮澤，餘下的黑衣「警察」正等候妙齡女子進一步處置宮澤的命令。

他們準備的塑膠袋恰恰還剩一個。

「打包嗎？還是就地處理掉？」渡邊警佐恭敬地問。

妙齡女子仔細端詳著宮澤，毫不理會一旁的渡邊警佐。

「宮澤清一，你很討厭吸血鬼嗎？討厭會把你朋友丟進榨血機，作成酥脆甜血餅的吸血鬼嗎？」妙齡女子很認眞的表情。

宮澤沒有回答，他抱著必死的心情，用最大的恨意凝視著眼前的妙齡女子。

妙齡女子微笑，露出期待的眼神：「身為一個純種的吸血鬼，人類是不是一種意志力很強的種族，我希望能夠從你身上找到解答；身為你忠實的迷，我很期待你能夠在全新的記憶裡堅持現在的意念。我會帶你去白氏那裡……一個能夠清洗你這個夏天所有記憶的地方。之後，你會在一連串巧合下進入警大，當上最優秀的刑警，然後……進入為吸血鬼擦屁股的特別V組。」

宮澤倒抽了一口涼氣，卻隨即大吼：「天涯海角我都不可能忘記！不可能忘記！總有一天我會將你們趕出這個國家！」

「說得好，這也是我最期待的，讓我見識一下人類的意志力吧。到時候，說不定你已經變成一個讓我心動的男子漢呢。」妙齡女子笑笑，輕輕地彈了宮澤的額頭一下。

宮澤昏了過去。

□

暑假已接近尾聲。

宮澤恍恍惚惚地躺在病房裡，因車禍所造成的腦震盪與顱內出血還在持續觀察中。

車禍……哪來的車禍？

每當困惑的宮澤想要仔細回憶「車禍」的一切，與這趟他根本沒有印象的旅程時，他的左腦就會一陣痙攣的疼痛，痛到甚至流出鼻血。醫生警告宮澤暫時別多想，否則大腦損傷的區域會負荷過重，只會加重失憶的情況。

但宮澤能不努力回想嗎？

醫生告訴他，與他同行的兩個朋友，阿廣與武藏，全都在車禍中不幸喪生。他們兩人在意外發生後昏迷，來不及逃生，被車內的大火燒成焦炭。而宮澤之所以幾乎毫髮無傷，據匿名的目擊者指出，全是因爲他第一時間被巨大的撞擊力道給彈出車體。

「根本就是胡說八道。」宮澤哭著，這種目擊說詞眞是瞎掰一通，毫無邏輯可言。

更何況，他們三人全都沒有駕照，也沒有人會開車，怎麼租車去旅行？還一口氣便在外面遊蕩了快三個禮拜？

如果是一場夢，至少還會留下片段的殘留畫面。偏偏這場意外連個夢都不如，只有兩張潦草的交通事故報告。

如果說是私下串通的租車之旅，至少也會留下幾張照片，但相機在車內大火裡同樣烤成脆化的炭塊。而宮澤號稱天才的腦海裡，卻什麼也沒剩下。

莫名其妙地，宮澤失去了他最要好的兩個朋友。

阿廣的直率熱情，武藏的執著剛毅……如今只剩下含糊不清的弔唁。

出院後，宮澤有很長很長一段時間，都處於精神恍惚的狀態。

無端流淚，無端頭痛，無端害怕……

無端感到不能遏抑的憤怒與悲傷。

□

二〇一八年，二月。

東京新宿，警視廳，特別V組新人資料審查室。

宮澤西裝筆挺，精神奕奕地坐在長桌的一端。

面試他的長官，正是高中好友的叔叔，特別V組的高級警司，渡邊友尙。

渡邊在擁有調動整個警視廳資源的特別V組擔任高階刑警，自宮澤當上警察那一天開始便非常幫他，給了許多相當實惠的建議。

儘管如此，但宮澤就是無法理解，自己內心深處好像不怎麼喜歡這位老是幫忙自己的長輩。要細究原因，卻說不上爲什麼。

「宮澤清一警官，你的資歷非常完整，破案率也是同儕間最高的，但……你知道的，特別V組是個很特別的行動組，『最適合』比『最優秀』還要重要。給我個理由吧，小夥子。」渡邊打量著宮澤，想起了什麼。

「因爲我是最棒的，最棒的人到哪裡都適合。」宮澤自信滿滿。

「宮澤警官，你以爲我們在拍電影啊？」渡邊警司失笑。

「如果我可以破『子夜拔頭人』的案子，我是不是就符合最棒、也最適合的定義？」

宮澤直截了當。

「行。如果你在一個月內破案，特別V組的大門隨時歡迎你！」

渡邊警司微笑。

食不知胃

命格：天命格

存活：無

徵兆：無法正常進食之餘，想吐，虛弱，易怒，衍生出諸多怪癖。

特質：為了進食出現各種肉體上的扭曲突變，例如吐出高胃酸酵素進行體外消化、生長出鋼鐵般堅硬的牙齒、將電氣油氣火力或其他能量轉化為身體所需的熱量等等。但絕大多數正常人類都會在飢餓時期就死亡，僅有極少體質特異的人種才有體質基礎留存此命格。

進化：吞食天地

〈續十一豺〉之章

第70話

冷冷清清的馬路上。

一台不成攤車的爛泥，一個破掉的櫥窗與滿地碎玻璃，嗚嗚吹響的警報器聲。

狩甫落地，烏拉拉已從地上爬起來。

而街的暗處，也慢慢走出身著藍色緊身勁裝的蒙面女。

「會不會太慢了？」烏拉拉抖擻著身子。

蒙面女不說話，只是敲敲手中的望遠鏡，然後丟在一旁。

烏拉拉苦笑，原來他沒感受到蒙面女的「氣」，是因爲蒙面女站得老遠，用望遠鏡遙遙觀察烏拉拉與狩的死鬥過程，想找出狩的弱點才殺出。

現在才出現，只有兩個理由。

「妳認爲找到我的死角了？」狩冷笑，國中生面孔的他卻一點也不青澀。

蒙面女搖搖頭。

「那妳是看出這小子不行了？」狩又皺著眉，摸著肚子，快餓昏了。

蒙面女點點頭，從背後的金屬箱重新抽出一條鋼鏈，但鏈球已失卻在貨輪上，只有空甩著鏈子。

東京警車特有的警笛聲快速接近中。

麻煩了，這下十一豺中的其他人也會找到這裡的。必須速戰速決！

「喂，等等，其實我還可以打啦。」烏拉拉踏上前，停住，笑嘻嘻地指著自己的鼻子。

狩瞇著眼，面色扭曲道：「從打鬥到現在，你除了躲的功夫比別人行外，根本就沒辦法沾上我的邊，也好像沒打算這麼做不是？」

「嗯，因爲就算靠近你，你的酸液噴殺也幾乎沒有死角。」烏拉拉吹著手掌，笑笑：「但現在我有冒險的理由，因爲你的眼角必須留點縫給她，難免心有旁騖，我突然覺得嘛，我有三成的把握。」指著站在狩身後的蒙面女。

狩獰笑，腳一沉，高高躍起。

「三成？」狩張大嘴。

「夠了。」

烏拉拉屏氣凝神，腳往下奮力一跺，下水道圓形金屬蓋飛起。

酸雨暴落，烏拉拉抄起厚重的金屬圓板，衝出。

烏拉拉用金屬板擋下落擊的酸彈，朝狩的落點繼續衝行。

蒙面女跳上，朝狩劈擊鎖鏈，狩瞪大眼睛，嘴一揪，三粒酸彈精準地射斷了鎖鏈。

但狩落地的瞬間，烏拉拉已經逼近，朝他射出溶解中的金屬盤！

狩一壓身，金屬盤在頭頂上呼呼飛過。

烏拉拉欺近！

「真想知道，我怎麼投到那罐烏龍茶？」

烏拉拉說完這句話時，已經掠過狩，蹲跪在十尺遠的地上。

蒙面女落下。

「剛剛，你從我身上拿走了什麼？」狩愣頭愣腦的。

狩明顯感覺到失去了什麼。

但仔細審視身子，卻一點痛癢都沒有。

「病。」烏拉拉緊緊握住手。

「病？」狩。

「如果你早一百年遇到我，你一定是個讀書上進，然後慢慢死掉的孩子。」烏拉拉嘆氣，看著彎彎曲曲的掌紋，打了個充滿濁氣的冷顫。

狩深呼吸，想朝烏拉拉吐射酸彈，卻只是一個勁地乾嘔。

肚子的不舒服消失了？

狩驚訝不已，試著用意志力催吐，卻毫無作用。

「很多很多年，都沒吃過好吃的東西了吧？」烏拉拉咬著手指，血咒重新紛飛，鎖在身上。

狩無言。

「去吃個東西吧？」烏拉拉指著散落在地上，摻雜在無數碎玻璃裡的糖炒栗子。

狩兩眼無神，蹲下，剝了個炒栗子，端看著裡頭的果實。

吃下。

慢慢地咀嚼。

兩行淚水，崩潰般從狩的眼中滾出。

然後是場痛哭，無可遏抑的嚎啕大哭。

「走吧，躲起來吧，吃個夠吧，這世上有太多東西比人血好吃多了。」烏拉拉苦笑，好想吐，好想吐。

他很仁慈。

一向如此。

蒙面女不得不讓開一條路。

對她來說，失去能力的狩，這樣的結局也已經足夠。

於是她轉身，用最快的速度消失。

烏拉拉沒有問之後怎麼連絡，畢竟擁有這樣相同志業的人，在這個城市還會繼續遇見的。如果彼此都能堅強活下去的話。

□

警車趕來的時候，冷清的現場只剩一個兀自昏迷大睡的大漢。

「怎辦？」小警察搔搔頭。

「帶走他啊怎辦？」老警官抽著菸，神色疲憊。

今天晚上碼頭不知怎麼搞的，一團亂。趕去的大批警力卻只負責交通管制，不得進入碼頭管事。

也不知是誰下的命令，竟然所有船隻都不准卸貨裝貨，抗議的電話幾乎癱瘓了警署，水警的船也通通被高層抽調精光，只能用無線電逐一向漁民商家警告。

但電視台上的今夜新聞，卻很有默契地忽略碼頭發生的事。

「這城市快不能住人吶。」老警官牢騷，踩熄菸蒂。

□

城市另一角，一間破廟的掛單齋房裡。

一把藍色吉他。

一隻頸子有如西裝白襯衫的黑貓，偎在一個大男孩旁，享受著冷掉的薯條。

大男孩全身都是難看的傷疤，有的黃有的紅，湯湯水水地滲出模糊的痂，痛到他完全沒辦法入睡。

烏拉拉。

他將「食不知胃」儲存進紳士體內，然後用「天醫無縫」的能量讓自己身上的傷快速癒合，但痛苦以倍數撕裂著他，這是快速治癒的微薄代價。

烏拉拉的身邊，還堆著一大堆可樂、漢堡、炸雞、比薩、大阪燒與各式各樣高熱量的食物。整個晚上他都一直吃，補充「天醫無縫」所需要的高能量。

吃到嘴巴都瘦了，下顎快斷了。

然後，烏拉拉想著一定也在某處一直吃的狩。

他對吸血鬼沒什麼太過的喜惡。或許是天生過剩的同情心吧，他深刻體驗人世間有許多痛苦與悲傷並非任何人的錯，只是痛苦與悲傷終究扭曲了所有人的臉孔。

也許該爲狩彈首歌？拿起吉他，烏拉拉想了半天，卻想不出哪首歌適合當大吃特吃時的背景音樂。

紳士飽了，懶洋洋地躺在烏拉拉旁，喵了一聲。

「你問我怎麼不把『食不知胃』放掉，把『千軍萬馬』鎖回來？」烏拉拉按摩著紳士的頸子，看著窗外的月。

紳士頗有靈性地點點頭。

烏拉拉看著手掌，比起酸液造成的嚴重腐蝕，掌上的燙傷早被「天醫無縫」給治好。

但那瞬間的衝擊還留在骨子裡，還有那炒栗子大漢的眼神。

「好的獵命師，是爲了好的宿主而存在呢。」烏拉拉微笑。

一筆勾消

命格：集體格

存活：兩百五十年

徵兆：宿主開始逐漸產生嚴重的健忘，洗澡完立刻再洗一次，繳完管理費再交一次，交過女友忘記只好再交一個（下場自行想像）。罹患慢性病的宿主，常有忘記已經服過藥物、連續服藥過量致死的情況。

特質：記憶逐漸褪化的人生，甚至影響到周遭的親戚朋友，產生對某個重大事件集體失憶、或記憶淡化的現象。由於宿主很難意識到自身的狀況，所以被命格奪舍的機率很高。

進化：若宿主居然能保持清晰的意識，將遺忘的能力限定在特定他人而非自身，則會進化成非常可怕的「不存在的千年」，能量巨大時甚至能清除整個族類的某些記憶。若在特定精神力很強的宿主手中，則可能進化成能夠操縱記憶的……

（曾郁婷，熱情洋溢的十七歲，台北汐止）

第71話

炒栗子大漢醒來時，已經是隔天中午了。

不是窗外刺眼的陽光喚醒了他，而是派出所警員無奈地拍打他的臉。

「喂，你好好的賣糖炒栗子，幹什麼撞破人家玻璃？」警員口氣不悅。

若非眞到了中午，還沒有一個警員有膽子去叫這大漢起床。不知怎地，這大漢身上除了幾天沒洗澡的臭味外，還有一股天生的魄力似的，教人一靠近就生起想立正站好兼之敬禮的衝動。

大漢睡眼惺忪，打了一個很臭很臭的呵欠。

在場三個警員都聞到了，不禁皺起了眉頭。

「名字？」警員按下錄音機，漫不經心攤開張紙，打算做筆錄。

大漢揉揉眼睛，拍拍臉，又頹然倒下。

「喂，老兄，別忙著睡啊，做完了筆錄就讓你走，最多賠塊玻璃也沒什麼大不了！」

警員拿起原子筆刺著大漢的臉。

大漢疲倦不已，只好勉力爬起。

「名字！」警員大聲問。

「陳木生。」大漢有氣無力道，身子搖搖欲墜。

「什麼？」警員狐疑。

「陳木生。」大漢重複，四處張望，更像注意力無法集中的蠢樣。

「漢名？哪來的？」警員一愣。

「台灣。」陳木生大聲說。

警員摀住鼻子，這傢伙的口臭真不是蓋的猛暴。

「有沒有護照？居留證之類的啊？」警員瞪著陳木生。

「沒有。」陳木生用力抓著一頭亂髮，這才發現自己的雙手被手銬給圈住。

雙手被銬住的陳木生，努力想將稻草般的頭髮撥亂反正，卻是越撥越翹，還散發出一股中人欲嘔的油味。

「沒有？那你豈不是偷渡來的？」警員摀著鼻子，不可思議陳木生的理直氣壯。

「是啊，不然怎麼來的？你們的機場禁止獵人出入境已經幾十年了，電腦資料庫裡自然有我的資料，你要我怎麼光明正大搭飛機或搭船過來？」陳木生拿起水就喝，咕嚕咕嚕。

「喂！那是我的水！」警員大叫，搶過陳木生手中的水杯，看著被污染的水發愣。天啊，這傢伙不僅髒，還兼沒社會常識！

解了渴，陳木生突然想起什麼似地，看著手掌發起愣來。

怪怪的，實在是怪怪的。

雖然說自己從沒娘娘腔地注意過掌紋長什麼樣子，但絕對不是這個德行，鬼畫符似賁張開的肉線，構成了一匹奔馬的狂草，偏著些光看，那馬好像變成了無數匹馬的綜合體。

「管制？你在台灣是通緝犯麼？犯的是什麼罪？來日本多久了？平常住在哪裡？在日本有沒有犯罪？」警員不悅，原子筆抄抄寫寫。

他開始認真起來，抓到偷渡犯，還算是有點業績。

「我說了我是獵人，來日本自然是要殺吸血鬼的。」陳木生正經八百道。

子揚

「殺吸血鬼？」警員笑了起來，尤其是看到陳木生那張臉。

「賣糖炒栗子是我的表面工作，吸血鬼獵人才是我的眞正身分。」陳木生解釋，但隨即黯然：「不過這都是以前的事了。」

陳木生嘆了口很臭的氣，好像頗多感觸。

「總之就是沒護照？」警員懶洋洋拉回正題，他沒興趣聽一個吸血鬼獵人怎麼變成一個賣糖炒栗子的。

「沒。」陳木生搖搖頭，又端詳起自己的手掌來，根本不在意會不會被遣送回台灣或是被判刑之類的事。

陳木生想著昨天晚上，那太像夢境的怪事。

怪哉，一個從天而降的混帳小子，怎麼毫無來由往自己就是一掌？那小子功力不俗，但自己沒道理被震昏啊？

論掌力，他還有點自信，再怎麼說都不可能被一掌打昏腦袋，到現在頭都還暈暈的。

還有，他更介意的是，跟在少年後面那個小黑點，好像是頭吸血鬼？但若要從模糊的記憶裡去深究卻是不可能的。陳木生的鼻子一向不靈光，嗅不出什麼叫「吸血鬼的氣味」，也對什麼「用氣去感應周遭的溫度」這種事超沒天分。練氣就練氣，還感應哩！就這兩點來說，他實在不是個好獵人。

「在日本除了賣糖炒栗子外，還做過什麼事沒有？有、沒、有、犯、罪、啊？」警員用原子筆搭搭搭搭敲著陳木生的額頭，每說一個字就敲一下。

陳木生瞪了警員一眼。

警員竟哆嗦了一下，原子筆停在半空，顫抖著。

「就是因爲什麼都還沒做，所以我絕不能現在就走。」陳木生握緊拳頭。

「……是麼？」警員吞了口口水，雙腳竟不由自主抖了起來。

另外三個正在忙其他事的警員，也紛紛停下手邊的事，渾身不自在。

這個足以被歸類爲流浪漢的臭攤販，竟散發出銳不可當的氣勢。

「你……這小子胡說八道什麼啊？你以爲自己是卡通片的主角啊！」一個老警官放下吃到一半的便當，勉強自己瞪著陳木生。被一個偷渡犯的氣勢壓倒，實在太沒面子了。

陳木生沉默了。

不過跟老警官的反駁無關，他只是習慣性地在面對自己的無能為力時，沉默。

□

為了向師父證明武道的極限追求跟無限的生命毫不相干，而是關乎習武者個人的意志，於是自己加入獵人的行列，來到吸血鬼最多也最變態的日本。

「成功的捷徑，莫過於挑最困難的路走。」這是以前師父的教誨。

由於聽起來非常熱血，死木頭個性的陳木生一聽就流下兩行熱淚，從此奉為圭臬。

在這樣的原則下，要完成自己的理想，首先就要挑最強的對手，吸血鬼族群便成為唯一的目標；要用最快的速度當上最強的獵人，就直接到一個吸血鬼最多的地方吧！

懷抱著滿腔熱血，陳木生來到日本已經好幾年了，不知不覺連日本話都給學會。

看著當初連袂赴日的同伴一個個放棄、倒下、背叛，甚至加入吸血鬼，陳木生依舊堅持自己的理想，白天苦練鐵砂掌，晚上到街上發名片、打殺吸血鬼。

直到陳木生看見那道巨大的裂縫……

□

「呿，鬼才相信，什麼名片啊？」老警官扒著便當。

做筆錄的小警員也笑了出來。

陳木生輕輕鬆鬆掙脫手銬，從自己的褲子口袋裡翻出一張縐巴巴的名片，恭恭敬敬遞上：「免費幫您殺死吸血鬼。獵人，陳木生。電話：xxxx-xxx-xxx。」

但名片根本不是重點……

「你……怎麼辦到的？」老警官與小警員目瞪口呆。

那手銬斷成好幾塊紅色的燙鐵，喀喀喀散落在地上。

「這幾年來，我從來沒有放棄過成爲一個最強武術家的理想。」陳木生斬釘截鐵地說，可怕的氣勢源源不絕從他的體內爆發。

小小的警局內，空氣頓時被抽成眞空，所有警員呼吸困難。

拍手聲。

一個戴著眼鏡的高挺男子走進派出所，站在陳木生的背後。

「說得好。」是宮澤。

派出所裡的警官與警員們先是一愣，但看見宮澤別在衣服上的特殊V字徽針，所有警官立刻立正站好，行舉手禮。

宮澤厭惡地揮揮手：「免了，我是來找這位先生的。」

陳木生看了宮澤一眼，認出他衣服上的記號，不禁露出鄙夷的神色。

那是爲吸血鬼服務的人類鷹犬，被其主人烙印的無恥標誌。

「我認同你的表情，不過，我需要你的幫助。」宮澤晃著手上的錄影帶，放在桌上。

宮澤看著陳木生的眼睛：「告訴我，你的手掌上是不是多了什麼？」

天醫無縫

命格：天命格

存活：無

徵兆：月有陰陽殘盈，生即是滅，滅即是生，萬物息養，亦復如是。

特質：與其說是治療宿主，「快速轉化能量」更能妥切形容。自然平衡之理用在宿主自我醫療上，必須在短時間內大量食取足以令傷口復元的熱量。但此命格不過是利用宿主既有的免疫系統與自療機制、進一步加以速化而已，所以恢復的速度與成效仍視宿主原來的體質而定。

進化：無

〈搖滾吧，鄧麗君！〉之章

第72話

童年結束了。

一輛離開童年的火車上，烏拉拉與哥哥看著窗外的黑龍江山水，但烏拉拉心中濃烈的好奇與興奮，遠遠壓過了離別的愁緒。

再過幾十個鐘頭，他們就會來到北京，中國熱鬧的天子腳下。

哥說，北京一切都很新奇、好玩、塞滿各式各樣的有趣事物，哥也說，在越大的城市，就越能找到自己喜歡的東西。

包括夢想。

這趟離開故鄉的旅程並沒有父親的參與，因爲父親要去廣州，與獵命師大長老會面。據哥哥說，父親很可能在近日繼承爺爺的職務，成爲長老團護法之一。烏家一向在長老護法團佔有舉足輕重的地位，父親成爲護法使者只是遲早的事。

旅行少了嚴肅的父親，烏拉拉心情更野放了。

「哥，爸帶你去過這麼多次北京，除了殺吸血鬼以外你都在做什麼啊？」十六歲的烏拉拉熱切地拉著十九歲的哥問。

哥閉著眼睛，搖搖頭。

烏拉拉微微感到失望。但想想也是，哥是大器之人，天才總是被賦予太多的期待，沒時間做別的事。幸好自己跟哥比起來實在不算什麼，或許到了北京，爸仍會繼續對自己放鬆點。

「哥，北京的人很多麼？紫禁城漂亮麼？長城雄偉麼？」烏拉拉繼續問。

哥搖頭，依舊沒有張開眼睛。

烏拉拉一直問，哥哥都是閉著眼睛，簡短地回答。

烏拉拉漸漸發覺哥有些不對勁。

「烏拉拉，我想我再也見不到小蝶了。」哥說。

烏拉拉愣住。

「曾經重要的東西，一旦再也沒有人跟你一起印證，就好像那份重要從來沒有過一樣，感覺好難受。」哥終於睜開眼睛，兩行眼淚流下。

烏拉拉不知所措。

記憶中，哥從來都沒有哭過。

就連哥發現，他們兄弟在林子裡偷偷養的赤熊中了村人的陷阱、被殺死時，烏拉拉哭得一場糊塗，哥也只是發狂地將整座林子的樹拔倒，如此而已。

「哥……」烏拉拉整個不自在，看著哥，一手按在哥的膝蓋上。

「小蝶她要跟別人結婚了。」哥的淚水無法收止。

「哥……」烏拉拉慌了，一向都是哥安慰他，現在自己卻只能看著哥哭。

「喜歡小蝶快七年了，我現在才明白，小蝶需要的不是我的存在，而是任何人的陪伴。原來這就是愛情。」哥看著窗外，那一幕幕穿溜而過的凍原風景。

那黑龍江，已經變成一條黑龍江。

而不再是他與小蝶間的黑龍江了。

「哥，你剛剛說，原來這就是愛情，我聽不懂，到底什麼是愛情？」烏拉拉隔了好久才敢開口。

「如果你沒有辦法陪在那個人身邊，便不會繼續共同擁有的東西，就是愛情。」哥說，顯然是想了很久才得到的答案。

烏拉拉又要開口，哥搖搖頭，示意他別再問下去了。

「烏拉拉，從這節車廂走到底總共有五節車廂，能偷幾個皮包就偷幾個皮包，動作要快要確實，絕對不能被抓到。」哥。

「不能被抓到啊……嗯，我盡力。」烏拉拉。

「不是盡力，是一定要做到。」哥瞪了烏拉拉一眼：「不然我殺了你。」

烏拉拉吐吐舌頭，扛起背包起身離座。

十一分鐘後，烏拉拉輕鬆吹著口哨回來，一臉得意洋洋。

瞧他這副模樣，一定是大獲全勝了。

「我說哥啊，你也太小看我了，畢竟我是你訓練出來的，這手啊，快得連我自己都看不清楚了，何況那些普通人。」烏拉拉笑著打開背包，裡面塞滿了大大小小的皮件與錢包。

哥根本沒看，只是望著窗外，竭力用所有的記憶力鎖住每個飛逝的畫面似的。

「不過我說哥啊，那些人都不是很有錢，我們這樣偷了他們的錢，會不會太……」

烏拉拉於心不安。

「你說的沒錯，去把那些皮包還給人家吧。」哥淡淡地說，看著窗外。

「啊？」烏拉拉傻眼。

這麼多皮包，這麼多臉孔……烏拉拉在神不知鬼不覺取走大多數的皮包時，根本就沒有看著對方的臉！

「哥，你這是強人所難，如果你一開始就說明白的話，那當然不會有問題，可是現在……」烏拉拉說著說著，便沒有繼續說下去。因爲他覺得哥哥的要求頗有道理。

一個超強的獵命師除了動作快，也要能瞬間清楚自己所有動作之內包含的所有意義。有意識的，無意識的。

這就是戰鬥。

「辦不到嗎？我殺了你。」哥看著窗外風景，模樣接近發呆。

烏拉拉深深吸了口氣，站起來，努力思索該怎麼做才好。

氣味？直覺？

「不用我說吧，一樣要做到不能被發覺。」哥說，一副事不關己。

這是當然的。但「歸還」要比「偷走」要難上好幾倍。

哥哥腳邊的行李大包包，不安地祟動著。

哥沒說什麼，於是烏拉拉蹲下，拉開行李拉鍊。

一隻頭子鑲著白圈的黑貓探出頭，骨裡骨碌的眼睛眨眨。

這是哥五年前從北京街頭帶回黑龍江的流浪貓，當時牠才剛剛出生，別的兄弟姊妹都靠在母貓懷中爭吃奶，這隻小黑貓卻若有所思地看著天上太陽，絲毫不怕餓死。哥哥直覺牠深具靈性，又是很酷的黑貓，足以勝任獵命師的最佳夥伴，便將牠拎走。

由於爸還不知道烏拉拉已經習得獵命術，所以哥沒幫烏拉拉尋找第二隻靈貓，兩人就這麼共用。

「哥，借你的紳士一用。」烏拉拉微笑，摸摸紳士乳白的胸膛。

紳士無聲無息從行李跳出，自烏拉拉的袖口鑽進，最後從烏拉拉的領口鑽出顆頭。

半小時後，烏拉拉滿身大汗回來，一屁股坐下。背包總算空了。

紳士坐在烏拉拉的肩上，誤以為自己是隻鸚鵡似地喵喵叫。

哥還在流淚，還是一樣看著窗外。

「再見了，小蝶。」哥的眼淚像是這麼說。

烏拉拉忍不住跟著掉眼淚。

剛剛他用紳士裡頭所儲存的信牢，去幫助他完成歸還皮包的動作時，他發現裡頭少了一個很珍貴的奇命。

那是一年前哥千辛萬苦，在黑龍江最高最冷最險峻的山峰，一棵玉女樹梢上鑲嵌著的比翼鳥化石上找到的……

「大月老的紅線」。

那是哥送給小蝶的，最後的新婚禮物。

大月老的紅線

命格：機率格

存活：四百年

徵兆：無可救藥地愛上對方，並認定對方是一生唯一的伴侶。即使丟下先前已相愛的他人也在所不惜，可說是副作用？

特質：此命格有一分為二的必然特質，相傳比翼鳥的喙嘴可御負此命格，在雲端上以隨機的墜落方式應許大地上的才子佳人。此命格如同愛情的種子，吃食雙方宿主的愛意滋長，並釋放出「美妙的巧合」消解兩人周遭的災厄，使愛情長長久久。

進化：七緣紅線

第73話

北京的宅子很大，是座埋在市區小胡同裡的三合院。

烏拉拉常常見到不認識的叔叔伯伯、阿姨大嬸到家裡走動，每個人的身後都跟著一隻貓。那些長輩語氣與行止間都很尊敬爸，烏拉拉心想，爸一定是個非常厲害的角色。

哥說，從他多年前跟爸往返北京，便知道這裡是獵命師北京重要的據點，不過來的人都是一些忘記長卵蛋的可憐蟲。

「可憐？」烏拉拉不解。

「沒有志氣，又自以爲了不起，這就是可憐。」哥很不屑。

烏拉拉心想，哥可能是太偏激了，這是天才的通病。

除了剛到北京的一個禮拜，讓大開眼界的烏拉拉盡情在北京東奔西跑，哥開始帶烏拉拉到人煙罕至的地方，練習咒術、體術，跟獵命術。

「從現在開始，火炎咒不要再練了，我教你新的咒術，雖然我只會皮毛，但你可得練到比我熟練一百倍才行。」哥說。

「什麼咒術啊？」烏拉拉。

「大明咒、大風咒、斷金咒、化土咒、鬼水咒……我只會基本的，因爲爸也只會基本的。」哥說。

「那獵命術呢？」烏拉拉意興闌珊。

「自然也要練。」哥說。

「到底什麼時候爸才會允許我練獵命術啊？雖然我很喜歡紳士，但我也很想有一隻自己的貓。」烏拉拉嘆氣。

「別想那麼多了，你自己也答應過的，就當作給爸一個驚喜吧。倒立！」哥說，從紳士的身上取出一個命格，然後將紳士抓在手上。

烏拉拉單手倒立，這是他最拿手的、敵人卻最難判斷攻勢的起手式。

「我們玩個遊戲，從現在開始，我不用血咒塗身，你想辦法從我的身上獵走命格，如果被你獵走一個我就再從紳士身上抓出一個，就這麼簡單。」哥說，將紳士輕輕拋在地上。

昂藏身軀、高烏拉拉一個半頭的他，速度可比烏拉拉還要快得多。

但烏拉拉只感到興奮，開始活動筋骨。

哥一向不會出烏拉拉達不到的題目。

哥也曾說，烏拉拉的肩膀沒有他鬆軟，手腕沒有他結實，手指也沒有他靈活，但整體加起來，烏拉拉摘獵命格的速度卻比他還要快上一些。那是因爲烏拉拉天生的協調性奇佳。

所以，哥正在用這個遊戲告訴自己，自己已經可以跟上他了。

這是多麼令人興奮的消息啊。

「我獵到的命，也要塞回紳士吧。」烏拉拉搖擺著晃在半空的雙腳。

「對。」哥看著紳士，說：「所以紳士，你也要盡情的跑。」

紳士驕傲地喵了聲，舔舔爪子。

「這是場速度跟技巧的遊戲。」哥瞪著烏拉拉，警告：「不過要是你連一次都獵不到的話，我會……」

「你會殺了我！」烏拉拉歡暢大叫，手刀已瞬間劈向哥！

第74話

烏拉拉終究沒有被哥殺死。

所以他得到了機會，聽見自己的夢想。

每天在三合院吃完晚飯後，烏拉拉就會聽見隔壁的隔壁的隔壁鄰居房子，傳來一陣悠揚的弦動聲。

不知怎地，那弦線的震動與木箱空間所發出的特殊共鳴聲，深深打動了烏拉拉。

「是吉他麼？」烏拉拉。

「大概是吧？」哥隨口應道。

烏拉拉完全被奇異的音樂給吸引，一夜都沒睡。

第二天，烏拉拉就跑到哥口中的唱片行，在人來人往中，戴上肥大的耳機，在一張又一張唱片裡構築的繽紛世界，流連忘返。

第三天，烏拉拉就確認自己在音樂國度裡的座標。天還沒亮，烏拉拉就站在唱片行的鐵捲門前，滿心搔癢地徘徊。店一開，烏拉拉就戴上耳機，按下試聽鈕。

「天啊，這歌裡的英文到底是在講什麼啊？怎麼唱到我好想跟著大叫！」烏拉拉閉著眼睛，身子隨著瘋狂的音樂晃動起來。

電吉他。

死亡搖滾。

重金屬。

嘶吼。

一連好幾天，烏拉拉整個下午都縮在唱片行的角落，閉上眼睛。

閉上眼睛，烏拉拉伸出雙手，假想自己正拿著一把絕世吉他，站在五光十色的舞台上狂飆，接受數萬觀眾浪潮般的揮手喝采。

第九天，在人擠人的唱片行裡，坐在地上的烏拉拉突然睜開眼睛。

「我的手之所以那麼快，一定是因爲，我的身體想彈吉他！」

□

啓發烏拉拉最初的那把吉他，每天晚上都會發出勾引的聲音。

那隔壁的隔壁的隔壁鄰居也是座三合院，裡頭住了一個獨腳的虯髯大叔，除了那支勾引烏拉拉的吉他，他擁有一副不算好的喉嚨，跟一雙絕對稱不上快的手。

獨腳大叔每天都會揹著吉他、轉著輪椅，興致盎然到市區人多的地方彈唱，他會在輪椅前放一個破鋁罐，賺取微薄的打賞過活。

回到家，沒有客人時，獨腳大叔也會在三合院裡自得其樂，一把吉他就這麼彈上半個夜晚。

而累了一天，烏拉拉常常躺在屋頂上聽迥異於電吉他的大叔牌老吉他聲，有時候哥也會抱著紳士躺在烏拉拉旁邊跟著聽，但哥總是聽到呼呼大睡。

有一天，烏拉拉終於忍不住，獨個兒飛簷走壁到隔壁的屋頂，朝著下頭大喊。

「大叔，你在彈什麼歌啊？」烏拉拉蹲在屋簷上，看著坐在長板凳上的獨腳大叔。

獨腳大叔沒有停下吉他，只是抬頭看看烏拉拉。

「鄧麗君的月亮代表我的心啊！」獨腳大叔愉快地說。

「很好聽啊，可鄧麗君是誰啊？就是人家說的明星麼？」烏拉拉搔頭。

「她啊，是我的人生呦。」獨腳大叔幽幽地說。

雖然鄧麗君風華絕代的年代，獨腳大叔未能躬逢其盛，但默默超越數十年的清麗歌聲，才是眞正的明星本色。

「教我彈吉他好麼？」烏拉拉直截了當。

「你有菸麼？」獨腳大叔停下吉他。

「沒。」烏拉拉傻笑。

「唉，現在的年輕人眞是好吃懶做啊。」獨腳大叔繼續彈他的，不再理會烏拉拉。

「等等我啊。」烏拉拉哈哈一笑，消失在屋簷上。

於是一個晚上一首歌，一首歌一支菸，烏拉拉就這麼開始他的夢想生涯。

□

「天！你學得眞快，你以前從沒碰過吉他？」獨腳大叔吃驚。

烏拉拉的手，簡直就是從吉他延伸出去的一部分。

他的音感，早就從無數打鬥訓練中所培養的種種敏感節奏，迅速被召喚出來。

但烏拉拉自己也很吃驚。

明明就跟自己熱衷的搖滾樂迥然不同，鄧麗君卻一點一滴佔據他對音樂的信仰，尤其他看見鋼鐵男子漢般的哥，在聽了自己彈奏的月亮代表我的心時，竟會偷偷拭淚。

哥一定是想起了小蝶。

「妳問我愛妳有多深，我愛妳有幾分，妳去看一看，妳去想一想，月亮代表我的心。輕輕的一個吻，已經打動我的心……」

一邊彈著吉他，烏拉拉開始領悟，原來這個世界的美好，就是各種不協調都能漂亮地共同存在，但並非水乳交融，而是持續美好的不協調。

喜歡鄧麗君，喜歡搖滾。這就是自己。

「哥，我好像找到自己想做的事了。」烏拉拉。

「喔？是彈吉他嗎？」哥笑。

「嗯。」烏拉拉篤定。

不久，烏拉拉十七歲生日。

哥買了一個數位隨身聽，跟一把藍色吉他送給烏拉拉。此時的烏拉拉已經不需要向獨腳大叔學習任何技法，他靠著從耳機裡不斷橫衝直撞的搖滾樂震盪靈魂，然後將靈魂的震盪波幅，輕易轉換成手指與弦線的攜手狂舞。

不需要認識五線譜，不需要了解任何樂理。純粹的爆發。

正當烏拉拉開始跟獨腳大叔一起到街頭賣唱後，某個午後，父親終於答應烏拉拉可以開始學習獵命。

「真的嗎！」烏拉拉驚喜不已。雖然自己早就偷偷將獵命術練到出神入化，但父親親口認可自己在咒術與體術上的成長，仍舊讓他很開心。

「烏霆殲。」父親看著哥。

「嗯？」哥坐在地上，又是一身傷，同樣是父親痛打下的結果。

「城北來了一批鬼。」父親。

「那又怎樣？」哥躺在地上，紳士舔舐著哥額頭上的創口。

「帶弟弟去殺鬼吧。」父親丟下這一句，冷冷地走了。

九把刀的秘警速成班（二）

幸好有些傳說是真的，吸血鬼怕銀，怕得厲害。但畏懼銀的程度和吸血鬼的年資或自我訓練有關，也跟銀的純度有關；有的吸血鬼新鮮人被鍍銀的子彈擊中就會死去，但凶狠的吸血鬼只會被鍍銀的子彈所傷，並不會致命（除非被打成蜂窩），而純銀的子彈和兵刃則肯定會造成吸血鬼重傷瀕死。

不過有一點必須說明的是，吸血鬼畢竟不是鬼怪，所以使用非銀製的武器攻擊吸血鬼也是有效的，只是吸血鬼的內在體質修補傷口非常迅速，唯有銀，才能阻礙傷口的復元速度，甚至造成血液毒化而死亡。

第75話

中國可不是日本。

雖然人類的世界中權力鬥爭依舊，但各國政府總算對在境內活動的吸血鬼組織，都採取一致的打壓政策。

每個國家都設有秘警署或秘警部，超然獨立於各個民眾所知道的法律機制外，可以隨意調度需要的資源，秘警署署長大都與國防部部長平起平坐。只有最優秀的警察或軍人才能接受秘警的訓練，成爲平衡黑暗勢力的光明。

獵人，則是異於秘警的協同存在。

根據國際獵人協會調查，百分之七十八的獵人都曾擔任過秘警，其餘則是師徒傳承的古老慣例。獵人必須通過種種測驗：肉搏戰技、槍械使用、敵我分辨、跨國語言、各國吸血鬼政策認知，以及道德衡量，之後才能被稱爲合法的獵人。各國並給予合法獵人特殊等級的護照，最方便的通關標準與協助，以及最完善的醫療照護。

只有合法的獵人才能受到特殊法律的保障，擁有開槍殺人、破壞公共設施、領取賞金的權益。其他擅自獵殺吸血鬼的人類，則被稱爲「嗜獵者」。成爲嗜獵者的原因有太多太多，兩大主因分別是仇恨，與變態。

如果將嗜獵者記入獵人排行榜，或許整個排名將會大地震。

雖然爲了不再引發全面性的世界戰爭，各國政府都對日本維持表面的良好關係，甚至會在外交上與日本吸血鬼帝國採取分贓式的合作，例如允許日本自衛隊參與中東維和部隊，美日安保條約的簽署等等。但在諜報活動與軍事封鎖上，卻始終不願意放鬆對日本的監控。

必須承認的是，日本的確是個很難滲透進去的國家，即使派遣特務，也查不到太多除了眾所皆知血腥事物之外的「祕密」。地下皇城始終是個謎，關於血天皇的動向也是個謎。

而在華人世界，吸血鬼的存在只能作爲地下黑社會的一部分，通緝賞金資料隨時在世界秘警聯合網站上公布，一點也不馬虎。

由於格鬥技結合了獨特的氣功，華裔獵人整體素質的評價也保持在世界的前三；世界前百大獵人榜中，華裔獵人也佔了三十七。可以說，東方世界是頂級獵人的強權。即使不計入不曾被知悉的獵命師族群。

而西方世界，則是秘警組織與科技武器的尖端。二次世界大戰後，西方世界發展出最終極的核子武器，終結了台面上的戰爭。即使到了二〇一五年，核子武器還是有效壓制了日本圈養派吸血鬼的勢力發展，任何戰爭的開啓，對雙方都意謂著慘烈的代價。

□

城北的吸血鬼大有來頭。

唯一的情報是，他們窩在城北的某廢墟區域內，進行不可告人的交易。上個月據說有幾個獵人喜孜孜進去搜捕，結果卻沒有人回來。

現在北京秘警署很緊張，開始計畫調動秘警攻堅，但因爲世界運動會正在北京如火如荼進行，秘警處被公安部強力要求不要節外生枝、影響到中國的形象；何況秘警署提不出有效的證據，能證明在城北進行非法交易的吸血鬼對世運會有什麼恐怖企圖。

所以攻堅計畫遲遲未發。

剛剛入夜，廢墟區域外的制高點，山丘上的矮樹叢。

「大有來頭？什麼貨色啊？」

烏拉拉向拳頭吹氣，誰都看得出來他根本不怕，而是在狂興奮。

「蘇聯黑手黨的打手。」哥。

「然後呢？」烏拉拉。

「沒有然後。在不明白敵人底細的情況下作戰，也是很重要的。」哥。

「嗯，反正對方再厲害也沒有哥厲害。」烏拉拉笑道。

「是嗎？你可得自求多福。」哥淡淡地說。

烏拉拉一愣。

「我得自己一個人去？可是爸說……」烏拉拉訝異地看著哥，不是吧？

「如果你沒辦法活著回來，我會殺死你。」哥瞇起眼睛，還是那句話。

「據說一個人只能死一次哩。」烏拉拉吐吐舌頭，就要離去。

哥瞪著烏拉拉，鄭重地警告：「還是那句話。不是盡力，是一定要做到。」

「一定要做到。」烏拉拉一吹口哨，紳士跳到烏拉拉頭上，一人一貓翻身下坡。

烏霆殲卻不知道城北廢墟裡吸血鬼極其邪惡的來歷，即使是最有經驗的獵人，也可能會用最屈辱的方式喪命。

他最愛的弟弟，已一腳踏進死神的饕口。

第76話

不知什麼原因，從八年前開始，人口稠密的北京竟會空出這一塊廢墟似的偌大區域。

數十棟不知爲何緊密相連的老舊宿舍、破舊毀棄的商業大樓、曾經被大火吞噬過的戲院、永遠都在咳嗽的流浪漢，全都像菌狀物般滋黏在一塊。

這裡沒有人住，沒有人管，就這麼在城市北端自成天地，成爲各種犯罪的溫床。獵人倒是很喜歡在裡頭掏金，秘警也偶爾奉命到這裡演習。或許這塊區域就是在這樣的默許下形成的吧？

位於此區域的右鄰地帶，一棟楔形的八層建築物。

灰灰舊舊的迴廊，腐敗的氣息。

地上幾瓶沾滿灰塵的空酒瓶堆在角落，幾張始終無法關好的生繡鐵門隨風啞啞。

尋著不加掩飾的氣味，可以輕易找到吸血鬼的窩。不加掩飾，正顯示進駐於此的吸血鬼是多麼驕傲狂妄。

六樓。

大理石桌，一顆被刨空的頭顱，裡頭搖晃著玫瑰色映波的血酒。

「又髒又臭，真不是吸血鬼住的。」血酒一飲而盡，一個高大的西洋吸血鬼抱怨。

「早點回到莫斯科吧，這裡的空氣實在太糟糕了。」另一個更高大的西洋吸血鬼看著電視，不停按著手上的選台器。

這裡曾是某個大企業的員工彈子房。

在這個陽光絕對照不到的陰暗大房間裡，除了被鐵鍊綁在撞球桌旁的一個獵人外，所有人都理著光頭，穿著昂貴寬大的皮革跟鑲嵌金屬圖騰的靴子。

這五個俄國吸血鬼個個身材異常高大，像是從摔角場直接空運過來的怪物。

撞球桌上堆滿了一疊疊的人民幣。在網路金融轉帳盛行的今日，用現鈔買賣的感覺還是最充實的，有些人就是擺脫不了這樣的迷思。

「我說老大啊，幾箱槍跟藥粉都交貨了，我們還留在這裡做什麼啊？」一個坐在地上、玩塔羅牌占卜的吸血鬼發著牢騷。

「我已經跟北京公安協商好了，只要老大不打世運會主意，想在這裡多住兩個禮拜都行。錢在人類社會裡，畢竟是最管用的語言。」說話的戴眼鏡吸血鬼笑笑，看著一個穿著貂皮大衣、卻沒穿褲子的男人。

沒穿褲子的高大男人坐在黑色沙發上哈痲，眉心中間刺了個撲克牌黑桃。

普藍哲夫。

在前蘇維埃共和國時期就是黑手黨的重要人物，毀滅掉的獵人軍團不計其數，行事風格陰狠毒辣，刑求的技術更是陰很毒辣到了極點，到了連許多吸血鬼都無法認同的地步。

這樣的人物，自然也很有陰狠毒辣的本錢。

此次普藍哲夫來到中國，是特地追殺一個獵人來著，順便賣賣俄製軍火跟毒品，結果才剛踏入北京，沒兩天就把該殺的人殺掉了，只好窩在這裡繼續殺人堆著，換換北京口味的血。

沒想到，很快就吸引到一票爲數八人的獵人團隊。

不是蓋的，這批獵人非常的強。短短十五分鐘的攻堅，僅僅喪命兩人，就殺死十六個俄國吸血鬼，勢如破竹來到普藍哲夫面前。

然後倒下。

獵人的血是不是特別好喝，普藍哲夫並沒有興趣，但他特別有興趣研究獵人自尊心崩潰的過程。所以剩下的那六個獵人整整被折騰了十一天才死去。只剩下帶頭的那一人。

「殺了我！」那雙手被鐵鍊銬在撞球桌旁的獵人頭目，用僅剩的怒氣咆哮。

一絲不掛的他，赤裸裸背對著房裡一半的吸血鬼，另一半的吸血鬼則欣賞他痛苦的表情。獵人頭目的兩隻腳掌被鐵杖貫穿釘在地板裡，被迫張得很開，無法動彈。

兩腿已被血染成醬紅。尋著痕跡，那醬紅是從兩腿之間斷斷續續擴散出來，間接漬在地上。

「廢話，還用得著你說？不過平常要操到世界排名第五十七的獵人，好像不大容易？別忍了，喜歡就大聲喊出來罷。」普藍哲夫站起，嘴巴吐出一團白氣，大剌剌走到撞球桌旁。

獵人頭目緊閉雙眼，嘴唇發白，全身顫抖。

下半身全裸的普藍哲夫站在獵人背後，拍拍獵人的屁股，一把抓起獵人破破爛爛的雙肩，下身用力一挺。

獵人慘叫，嚎叫，哭叫，悲叫，痛叫。

貂皮大衣晃動。普藍哲夫閉著眼睛，面無表情回憶兩人十一天前打鬥的過程，動作越來越激烈。

十一天前。

「姜衍，你要當我的性奴，還是被亂槍打死？」

普藍哲夫看著跪倒在地上，被五柄槍指著腦袋的獵人頭目。

「殺了我！」獵人頭目嘴角掛血，瞪著他。

「那就如你所願吧……把他銬在桌上。」普藍哲夫冷冷道。

「說你很爽，我就一指爆了你的腦袋。」普藍哲夫淡淡說道，手指敲敲獵人頭目的太陽穴，下半身瘋狂擺動。

看著撞球桌另一端，活活被操死的同伴屍體，獵人頭目痛苦地流下眼淚。

依照他受過嚴苛鍛鍊所培養出的體力與耐力，要因這種程度的痛苦死去，恐怕還要花上一個禮拜。

「……很爽。」獵人頭目低下頭，整個臉都扭曲了。

「大聲點。」普藍哲夫的手指輕敲他的腦袋，下半身愕然停止擺動，身子一陣短暫又快速的哆嗦。

「我很爽！」獵人頭目崩潰大叫。

普藍哲夫抽身而起，轉身挺回到沙發上。

獵人頭目瞪大眼睛，轉過頭。

「換誰啊？讓他再爽一下吧！」普藍哲夫說完，其餘四個吸血鬼哄堂大笑。

獵人頭目悲憤大叫，兩腿之間流出和著精液的稠血。

「老大，你怎麼這麼變態啊？」飲血酒的吸血鬼苦笑。

「我就愛老大卑鄙的調調啊，哈哈哈哈。」玩紙牌的吸血鬼大笑。

「唉，老大的卑鄙是一流的，可我還是喜歡女人啊。」戴眼鏡的吸血鬼嘆氣。

「男人我也行啊，活了這麼久還有什麼東西不能操的，斑馬我也騎過，我上吧！」正在看電視的吸血鬼大漢站起來，解開皮帶，褲子簌簌落下。

突然，獵人頭目雙目一瞠，不再悲鳴了。

一個破碎的酒瓶插在獵人頭目的頸子上，結束了他毫無尊嚴的生命。

「誰！」吸血鬼一陣大叫。

除了普藍哲夫，全都抄起身邊的各式槍械對準唯一的門口。

離門最近的、褲子剛剛脫下的那吸血鬼，雙手捧著不斷濺湧出鮮血的喉嚨切口，難以置信地跪倒，然後整個趴在地上。

普藍哲夫依舊坐在沙發上哈麻，在煙霧繚繞的視線中端詳站在門口的小鬼……

這小鬼無聲無息解決掉守在樓下的兩個部下，動作靜得連耳朵特靈光的自己都沒有發現，光是這點就足以用疼愛式的凌虐來誇獎。

小鬼的肩上有一隻正在發抖的黑貓，手上滴著血。

烏拉拉。

「第一次殺吸血鬼，我以為我會害怕到全身僵硬。」烏拉拉看著六個吸血鬼，靜靜地說：「可是我錯了，你們給了我很充分的理由。」

拍拍紳士，紳士嗅到很危險的氣息，緊張地從領口溜進烏拉拉的衣服裡。

「殺死另一個人還需要理由的人，都很弱啊。」普藍哲夫瞇著眼睛，往後一躺，半個身子都陷進柔軟的黑沙發裡。

烏拉拉的手明晃晃，隱隱有金屬利器的光澤。即使傳承上並不是最擅用斷金咒的血統，烏拉拉依舊將斷金咒用得極好，不像哥獨攻火炎咒。

「有理由的人絕對比較強。我不會讓你這種小石頭擋住一個天才吉他手的路。」烏拉拉踩著倒下吸血鬼的背脊，觀察眼前的形勢。

他放棄了突擊，因爲他知道說完剛剛的話，能夠給足自己力量。

一個吸血鬼單手掛在天花板上，慢慢搖擺身子。

一個吸血鬼蹲伏在地上，一手伸到背後，似乎還有別的武器藏著。

一個吸血鬼跳到撞球桌上，喘著氣，不時關注普藍哲夫的動向。

有三把槍指著自己。

第四把槍則擺在普藍哲夫面前的桌子上……沒握在手裡的武器，最危險。

「喔？好像蠻有道理的。」普藍哲夫沒有笑，因爲他也喜歡聽。

慢慢崩潰自認很強的人的信心，是他的娛樂。眼前的對象似乎很棒。

「聽過獵命師？」烏拉拉慢條斯理彎下腰，單手撐地。

普藍哲夫閉上眼睛，努力回想自己吃過的所有東西。

「……好吃嗎？」普藍哲夫皺眉，摳著額上的黑桃刺青。

烏拉拉消失。

齊人之福

命格：集體格

存活：一百五十年

徵兆：總是被兩個女孩或兩個男孩以上喜歡的宿主，每天可是都過得很色啊！

特質：還有什麼特質可言！這種事永遠都不會發生在我們身上啊！宿主每天都在處理的三角習題與感情糾葛時，眉宇之間流露出的淡淡憂愁，那種高尚的煩惱，怎麼會是我們這種去死去死團的人所能理解？去死去死！

進化：教主我還要，宙斯的荷爾蒙。

（吳丞閩，光明的二十二歲，嘉義。洪筑君，麥可喬丹的二十三歲，台南新營。你們靈感這麼接近，乾脆在一起好了。加油！）

第77話

烏霆殲看著鞋頭上增加的溼潤水氣……弟弟進去廢墟，已經二十六分鐘了。

「不是盡力，是一定要做到。」烏霆殲重複著自己剛剛說過的話。

從五分鐘前，烏霆殲就開始重複咕噥著這句堅定的警告，總共念了十七次。念到額頭上的青筋爆起，像蛇身一樣纏動著。

但青筋末端凝結的冷汗，讓烏霆殲快要分不清楚心中鬱積的憤怒多些，還是不想承認的擔憂多些。

雖然弟弟並沒有眞正生死交關的實戰經驗，但畢竟他平時格鬥練習的對象可是自己……現在就算躲在廢墟裡的吸血鬼是十幾個人組成的武鬥團，也不可能是弟弟的對手。

正確地說，如果在弟弟的手底下活得過五分鐘就該偷笑了。

難道是一向仁慈的弟弟動了惻隱之心？

還是……

「這混帳。」烏霆殲緊緊握拳，氣息暴漲，震落周遭的樹葉。

□

牆壁、天花板上焦黑一片，粉碎的肉屑像泥土黏糊其上，地板上的裂縫幾乎讓這層樓塌陷。

破碎的吸血鬼頭顱，像凹凸不平的球一樣在地上打轉，打轉，打轉。

……最後停在普藍哲夫泛紅的腳邊。

「你很強嘛，會像魔術一樣平空噴出火來……只可惜還是不夠強。」普藍哲夫的手摳著碎裂的頰骨，鮮血從傷口沾滿了指尖，皺眉。

下身赤裸、穿著貂皮大衣的普藍哲夫以鐵靴踩著渾身是傷的烏拉拉，用力往下一壓，烏拉拉的脊骨發出令人焦躁的悲鳴。

差太多了……

正踩在自己身上的這個男人，跟自己完全是不同的等級。烏拉拉勉強睜開眼睛，看著瑟縮在牆角發抖、卻不肯獨自逃走的紳士。

普藍哲夫右手抓著左手的肩膀，用力轉轉，發出齒輪喀喀接合的機械聲音。

仗著吸血鬼幾乎完美的「無抗體反應」體質，普藍哲夫特喜歡改造自己的身體。每次在戰鬥中受傷後，他便嘗試在傷口內嵌入人工材料補強，幾十年下來，普藍哲夫已是個半身機械人，所用的材料與銲工無一不是當時頂尖的戰爭工藝技術，連純鋼打造的刀都未必斬得斷鈦合金的皮下護鈑，普通的體術攻擊對普藍哲夫根本毫無效果。

吸血鬼的體能本來就很優異，而普藍哲夫的戰鬥技巧再透過強化過的身體使將出來，防禦力與破壞力都達到極爲駭人的境界。最可怕的是，普藍哲夫強化過的機械部位根本就「不怕銀」，大大改善了吸血鬼的弱點。

強化過的部位越多，罩門就越少。死在普藍哲夫手下的獵人不計其數。

紳士充滿恐懼地叫著。

「還有沒有別的本領？沒有的話，我要把你的牙齒都打斷了，以防待會你咬壞我的陰莖。」普藍哲夫將腳挪開，蹲下，挺起的陰莖硬是停在烏拉拉的鼻前。

烏拉拉意識模糊地看著變成三個既重疊又分離影像的普藍哲夫。

……一開始，自己的速度還快過普藍哲夫，連續的快速飛踢將普藍哲夫踢得昏頭轉向，但踢中的飽實感並沒有帶給烏拉拉「對方快被擊沉」的感覺，反而是足踝骨隱隱生疼，好像踢在一塊大寒鐵上。

於是烏拉拉一個大膽的突手咽喉刺，卻被看似無力招架的普藍哲夫逮到，朝烏拉拉腹部轟上沉重鉛錘般的一拳！

那一拳後，就是暴雨驟落的幾十拳，削弱了烏拉拉的速度、肉體，與鬥志。根本就沒有間隙讓烏拉拉與紳士聯手施擊獵命術。

□

「醒醒，嘴巴打開。」普藍哲夫捏起烏拉拉的嘴，另一手輕輕拍打臉頰。

烏拉拉的眼皮血腫，鼻腔不斷冒出細密的血泡，在普藍哲夫連續的傲慢拍打中逐漸恢復意識。

「這樣下去……哥……哥哥……會殺了我的……」烏拉拉含含糊糊地說，竭力握住鬆開的拳頭。

普藍哲夫面無表情，突然一個頭錘往烏拉拉的頭頂搥下，烏拉拉整張臉頓時埋進碎裂的地板裡。

龜裂的地板縫中，流洩著發燙的紅色。

普藍哲夫不動聲色，靜靜地蹲踞在一動不動的烏拉拉前，裝置著高感應鋤金屬的耳朵快速跳動著。

「出來吧。」陰鷙的普藍哲夫斜眼。

破碎的水泥牆後，慢慢走出一個高大堅硬的人影。

同樣面無表情的烏霆殲。

普藍哲夫站起，整理鮮紅欲滴的貂皮大衣，充血的下體依舊昂然而立。

「你似乎比他強一點點，是同伴吧？還是他口中的……哥哥？」普藍哲夫吹著揍到裸裂出強化鈦金屬的拳頭，打量著大約一百八十公分高的烏霆殲。

烏霆殲卻根本沒有看普藍哲夫一眼，而是瞪著趴倒在地的烏拉拉。

「起來！在這什麼鳥地方輸給這什麼爛貨角色了！」烏霆殲憤怒大吼，聲波震得空氣每一個分子都瘋狂爆破。

爛貨角色？普藍哲夫失笑，卻忍不住順著烏霆殲的視線看向自己的腳邊。

臉孔血肉模糊的烏拉拉，竟搖搖晃晃，掙扎著想爬起。

濃稠的鮮血一滴滴自烏拉拉的眉角落下。

「哥，我可以搞定。」烏拉拉踉蹌，迷迷濛濛地尋找普藍哲夫的身影。

普藍哲夫卻只是冷笑，朝烏霆殲大步踏前，舉起反射出寒光的機械拳頭。

消失。

巨大的吸血鬼身形瞬間來到烏霆殲頭頂上方三公尺處，拳頭猛落。

「你的對手在那裡！」烏霆殲暴吼，硬接普藍哲夫從優勢角度揮下的猛拳。

烏霆殲的雙腳崩陷，將普藍哲夫的拳頭牢牢抓住，用力朝前方一摔，普藍哲夫頓時被無法抗拒的怪力摔晃到半空，然後怪異地重重落地。

好不容易站穩的普藍哲夫，訝然看著些微變形的機械拳頭。

對方的身上……擁有無法解釋的可怕力量。

但烏霆殲身上狂暴的氣息驟然消逝，盤腿坐在地上。

「烏拉拉，如果你五分鐘內沒解決這沒錢買褲子穿的垃圾，我就殺了你，再撕碎這傢伙。」烏霆殲冷冷地說。光是言語中的氣勢，就足以產生最大威嚇的男人。

烏拉拉搖搖頭，奮力睜開眼睛。

「三分鐘……三分鐘就夠了。」烏拉拉有氣無力地說。他的體力也僅能支撐三分鐘。

「……」普藍哲夫的拳縫中彈出四支尖銳的鑽刺。

剛剛沒有用出的危險秘器，成了烏拉拉必須在戰鬥中重新分析的新資料。如果烏拉拉有時間分析的話。

紳士一陣風般跳到烏拉拉的頸後，烏拉拉沉吟，一搭手，已換上了「請君入甕」命格。

普藍哲夫卻無法專注在烏拉拉身上，一隻眼睛飄到恍若無事的烏霆殲。

紳士輕輕一躍，躲進天花板裡的裂口。

「天地玄黃，宇宙洪荒……齊天七十二變，金剛大聖除魔！」烏拉拉喃喃念著，腳重重一踱地。

一股金剛之氣自腳下拔衝而上，快速鼓盪烏拉拉全身，眉宇衝騰，簡直變成另一個人。

「何方妖孽，膽敢騷擾人間！」烏拉拉利用命格的特性，將自己「化身」爲民間傳說中的齊天大聖孫悟空，忘卻身上痛楚，猴模猴樣地躍向普藍哲夫。

普藍哲夫隱隱一驚，卻沒有迴避猴擊，拳上鑽刺轟出。

「孫悟空」靈巧避開這拳，下一拳，又下一拳……卻在危險的拳流中齜牙咧嘴盤身向前、倏忽後縱，不斷試探普藍哲夫的節奏。

普藍哲夫心中對突然脫胎換骨的烏拉拉疑惑不已，但拳頭卻極爲冷靜地招架，想用最紮實的刺拳與經驗將烏拉拉逼到牆角；然而不斷跳躍的烏拉拉根本無從預測動作。

儘管無從預測……但烏拉拉快速絕倫、卻像搔癢般的猴子盤打，根本就不能稱之爲攻擊。

「反正所有的攻擊對我來說，都是不痛不癢。」普藍哲夫冷冷暗想：「只要逮到你一次，你就死定了。」

時間一秒一秒過去，烏霆殲靜靜看著眼前這一切，後頸上的血管卻矛盾地鼓脹起來。

在他看起來，弟弟使用這種低級的命格，對這個能將自己轟得氣血翻騰的強大吸血鬼，根本就是沒有效率的攻擊方式。

更奇怪的是，弟弟原本的動作雖然沒有附身後的齊天大聖孫悟空靈動，但攻擊力與速度其實凌駕孫悟空之上，計算起勝利方程式，使用這樣的命格反而讓自己變弱了，根本大錯特錯。

「難道弟弟只是想靠著神打擺脫痛苦的肉體意識，拖延時間，想我幫他？」烏霆殲一想到這裡，不禁恚怒起來。

突然，普藍哲夫一個翻身，身上的貂皮大衣脫身拋出，罩住躍在半空的烏拉拉。

「唰！」

普藍哲夫一個瞬間加速，上段滑拳在半空中擦出一條血線。

貂皮大衣被刺拳貫穿，胸前被撕開一道傷口的烏拉拉怪叫一聲，往早已斷成兩截的撞球桌摔去。

烏霆殲瞳孔瞬間縮小……好小子！

「呀呼呼呼呼——死吧！」全身赤裸的普藍哲夫大叫，忍不住高高跳起，怪模怪樣地朝躺在斷桌間的烏拉拉殺去。

烏拉拉辛苦地微笑，筋疲力盡地看著在半空中扭曲著臉孔的普藍哲夫。

剛剛普藍哲夫將大衣罩住烏拉拉，然後轟向烏拉拉身上的那一拳，的確將烏拉拉整個「逮到」，但烏拉拉也趁著與那一拳的交鋒，一掌朝普藍哲夫肚臍上方兩寸的位置拍去。

這一拍，可是賭上烏拉拉生死的所有籌碼。

藉著齊天大聖的靈動身軀與飛快的騷打，烏拉拉一直都在試探普藍哲夫身上倒底有哪些部分並沒有被金屬包覆住，乍看是尋找普藍哲夫純肉體上的弱點，但背後卻暗藏玄機。

……只有通過那樣的純肉體途徑，烏拉拉才能精準地將「已經具有孫悟空能量的命格」過嫁給普藍哲夫。這樣「無差別」的快速過嫁功夫，可是獵命術中巔峰的絕妙技巧！

「突然要習慣自己身上新的命格……尤其是大相徑庭的命格，沒有經過嚴酷的練習還眞辦不到呢……」烏拉拉喃喃自語，輕輕往旁一躲。

普藍哲夫的拳怪異地落下，全身彷彿奇癢無比的姿勢可說是滑稽透頂。

「你做了什麼！」普藍哲夫大駭，突然駝起背、彎下腰來，全身無法克制地發癢。剛剛那小子不知在自己身上強塞了什麼東西進來，弄得一向陰鷙冷然的自己突然想怪叫起來。

「簡直……全身都是漏洞呢。」

烏拉拉瞇起眼，舉起手刀，想朝普藍哲夫破損的臉頰來一記致命一擊，卻因爲胸前那一直冒血的傷口，終於無法支撐地倒下。

普藍哲夫還不曉得自己身上發生了什麼異變，心中空前的焦躁恐慌。

只見烏霆殲伸手快速封住弟弟胸口附近的穴道，揹起失血過多而昏厥的烏拉拉。

「眞了不起，竟然在這麼危險的情勢下練成這種技巧！算算還有三十二秒，對你這個天才來說應該是很充裕吧！」烏霆殲豪邁大笑，抓起弟弟下垂到自己胸前的手，朝愕然的普藍哲夫大步衝出！

第78話

初晨的陽光有如嬰兒的呼吸，暖暖地托開烏拉拉迷惘的雙眼。

肚子熱熱的，原來是紳士躺在自己身上。烏拉拉奮力撐起每一處都在劇烈疼痛的身體，肚子搖搖晃晃的，紳士打了個呵欠，跳到樑上繼續睡覺。

「……」烏拉拉發覺掌紋已被哥哥換上了「天醫無縫」奇命，身上的傷已自我醫療了好許，而床頭櫃跟地上擺滿各式各樣的零食，烏拉拉於是大口吃了起來。

他知道，天地萬物的運行皆有道理，「命格」的能量並非無端生成存在的，要讓「天醫無縫」的力量發揮到頂峰，必須餵養它運行的薪柴：豐沛的食物熱量。

一邊吃著喝著，一邊回想昨晚那艱辛的生死一戰。若非哥哥突然出現，吸引了那高大機械吸血鬼的注意，讓自己有喘息、重新思考的時間，他根本沒機會在困境中練成那絕妙的技法。

一想到此，烏拉拉才恍恍惚惚記起，自己根本沒有打倒對方或是被對方打倒的最後記憶，在昏厥之前，自己到底有沒有……

門打開，烏霆殲走進來。

「哥，昨天晚上……」烏拉拉一開口，才發覺自己因爲喉嚨發炎而口齒不清。

「昨天晚上，你做得很好。那個硬梆梆的吸血鬼被你強寄那怪命後，沒多久就被你一掌貫腦掛點，我嫌他醜，一把火把他燒成破銅爛鐵。」烏霆殲爽朗地說，從口袋裡丟出一塊焦黑的金屬片，一屁股坐下，拿起地上冷掉的雞腿就吃。

烏拉拉看著地上不停打轉的破鐵片，又靦腆地抬頭看著哥，心中的快樂不經意反應在臉上。

「快吃吧，吃飽了再睡個覺，過幾天傷就會痊癒了。」烏霆殲將大罐可樂丟給烏拉拉：「爸我跟他說過了，他也說你這次做得不錯。」

「嗯。」烏拉拉欣然，旋開可樂瓶蓋，張口就灌。

「弟，獵命師通常分成兩種，我們兩兄弟正好就分屬兩種典型。」烏霆殲嘴裡大嚼雞肉，慢慢解釋道：「第一種獵命師典型，就是非常習慣某一種、或某一些類型的命格，經過不斷的訓練後，讓自己命格發揮出百分之一百的力量，甚至修煉進化。比如曾經幫助蒙古大帝鐵木眞征戰四方的烏家祖先，烏禪，就極擅長情緒格的命術，並將『千軍萬馬』等級的命格修煉成『霸者橫攔』。」

「哥跟爸都是與烏禪老祖先同樣類型的獵命師吧？」烏拉拉問。

「沒錯，你也觀察出來了。」烏霆殲說：「爸相當熟習機率格，而我擅長情緒格。我們仗恃獨一無二的厲害，根本不需要精通別的命格特性就足以打敗敵人。烏禪老祖先自從修煉出超強的『霸者橫攔』後，就沒將身上的血咒解縛開過，當然也就不需要跟任何靈貓搭檔合作。」

烏霆殲看著弟弟，用眼神示意弟弟說說自己的想法。

「是優點也是缺點，優點是透過與單一命格朝夕相處，身爲宿主的獵命師能夠不斷思考本身的力量要如何配合命格，才能將命格的力量發揮到極致，或是誘導命格配合宿主的力量出擊。」烏拉拉邊想邊說：「但缺點也是如此，單一命格發揮的變化有限，固定的模式很容易被敵人摸透，一旦被摸透……」

「摸透？所謂的強，就是儘管所有的資料都被敵人掌握，還能夠輕易殺死對方。否則強的定義就沒有眞正的意義。」烏霆殲用力咬碎雞腿骨頭，伸手將地上的金屬片握在掌心。

打開，已捏成一塊扭曲的爛鐵。

「你又來了。」烏拉拉笑了出來。

「而你，跟另一個很了不起的老祖先烏木堅一樣，都屬於沒有定性的獵命師類型。」烏霆殲慢條斯理說：「這類型的獵命師通曉各種命術、命格特性，能夠在瞬間擬訂搭配不同命格的作戰策略，與靈貓配合無間。不過這類型的獵命師等級差異很大，差勁的，說透了就是什麼都沾一點，卻無法透徹發揮，三腳貓功夫。」

「獵命跟儲命的速度一定要很快很快，才能辦得到吧。」烏拉拉看著自己的手。他偷偷開始學習獵命術後半年，獵命的速度就已超過哥哥，讓烏拉拉對自己的「速度」充滿了自信。

「的確，如果無法在實際戰鬥的瞬間奪取他人的命格，說穿了獵命師也不過就是懂得古代咒法的怪異術士罷了。」烏霆殲看著傷痕累累的弟弟，認眞說道：「尤其是與獵命師之間的對戰，若能破解對方身上的血咒錮符奪取命格，將會產生決定性的影響。」

「我不懂，爲什麼獵命師之間要自己人打自己人？」烏拉拉失笑。

烏霆殲不理會這樣的問題，自顧自說：「但這些都比不上飛快嫁命來得霸道。爸曾經說過，從某個角度上看，飛快嫁命的能力比起瞬間奪命的能力要可怕，你昨天晚上就印證了這點。那個沒機會說出名字的洋牌吸血鬼不管本來有多強，但被你灌了這麼奇怪的命格進去後，一時之間肯定沒辦法適應，破綻一出，自然就垮了。」

烏拉拉點點頭。

哥擅長非常專注面對一件事，他則習慣靈活思考各式各樣的可能性，兩人雖然分屬天秤的兩個極端，卻沒有誰優誰劣。

哥早就看出這一點，所以自己單單執著於「火炎咒」的精進鍛鍊，卻將所知道的其他咒法，如斷金咒、大明咒、大風咒、化土咒、鬼水咒等教給烏拉拉，要烏拉拉儘可能熟練每一種咒法的基本使用，達到隨機應變的境界。

「大家都只看到我的天才，卻不知道我烏霆殲的弟弟才是天才中的天才，比我還要有出息。」烏霆殲拍拍弟弟的肩膀，爽朗地笑著。

繼承爸嚴肅基因的哥很少這樣誇獎烏拉拉，烏拉拉顯得不知所措，但心中的喜悅讓他幾乎忘了身上十幾處炸藥般的痛楚。

笑容收斂，烏霆殲突然伸出手指，點點頭。烏拉拉不解，但還是依照過去的習慣與信任跟著伸出小指，兩人勾勾手。

「但答應我，絕對不要讓爸知道你這項本領。甚至，我也沒跟爸說是你一個人收拾城北那些吸血鬼的。這些，都是我們之間的祕密。」烏霆殲用力按下指頭，堅定地看著弟弟。

烏拉拉嘆口氣，點點頭。

哥哥這麼做自然有他的道理，但絕不是因爲妒忌他這項在戰鬥中意外迸發的才華，不想爸爸稱讚他……

在烏霆殲堅定的眼神外，烏拉拉看見哥刻意放下的劉海後面，隱隱蓋住了一道可怕的傷痕。那傷痕輕輕泛著紅色的油光，很新鮮，自然是昨天晚上與那機械改造的吸血鬼對戰後所留下。自己根本沒有像哥說的，親手了結那即使被灌注新命、卻依舊強得可怕的吸血鬼。

烏霆殲原本可以輕鬆治癒那短淺的傷口，卻因爲急著將「天醫無縫」過嫁給弟弟治療奄奄一息的身軀，所以傷口留了下來，只用凌亂的劉海撥擋住。

「我了解了。我想，我還是在床上多躺幾天比較好。」烏拉拉忍不住自嘲。哥的邏輯一向是要他低調，不如低調個徹底吧。

烏霆殲微笑，拿起靠在櫃子旁的吉他遞給烏拉拉，說：「你的手指可沒受傷，你彈吉他，順便教我唱幾首歌哩。以後你組團，總需要個威風的主唱吧。」

兩人相視一笑。

□

一週後，烏拉拉傷癒。

這對天才橫溢的兄弟，又開始在北京城的無數屋頂上追逐彼此。

烏霆殲大步飛跑、疾躲，旋又火爆攻擊弟弟。烏拉拉與紳士則拚命跟上，練獵哥哥身上的奇命，或是強嫁命格到被血咒鎖身的哥哥上。

一個月後，兩兄弟帶著藍色吉他拜別閉關修煉的父親，搭上離開北京的火車，來到五光十色的上海，一座棲伏無數貪婪吸血鬼的糜華之城。

半年後，烏霆殲這三個字成爲上海吸血鬼最畏懼的名字。

□

很快地，烏拉拉禁忌的十八歲生日，已越來越近。

某日，上海銀琴大廈樓頂。

萬里無雲，陽光刺眼非常，四周玻璃帷幕大樓反射過來的亮光閃得兩兄弟快睜不開眼。

黑貓紳士在皎白的樓頂上顯得格外突兀，搖晃著尾巴，輕鬆地在烏拉拉橫舉抬高的手臂上平衡巧立，眼睛凝視著烏霆殲。

烏霆殲穿著黑色貼身汗衫，裸露出的兩條粗壯手臂上滿滿的紅色咒文，全身散發出怒海狂濤般的氣勢。

「喝！」

烏霆殲高高拔起，在高空中一捏拳，整隻手臂旋即化作一條張牙舞爪的火龍，轟然落下。

無數破磚碎瓦紛飛，天台地板上一個冒著黑色焦煙的大洞。

烏霆殲早已落下，單膝蹲跪在地上，拳頭垂擺在黑色大洞中央。

而烏拉拉則大字形躺在五公尺遠的地上，驚險不已地喘著氣，看著顫抖不已的手掌心。

在剛剛一個飛快的錯身後，有些事情發生了。

熱氣薰騰的焦洞旁，烏霆殲看著空白的掌紋，慢慢浮現出剛剛烏拉拉所用的怪命。

他快速審視了自己，發現下腹左方兩寸上的紅色咒縛潰散了一小處。

轉頭看著躲過自己狂猛一擊的弟弟，烏拉拉正兀自大口吁喘，放下手，眼睛被正中高懸的太陽完全征服，疲憊閉上。

「烏拉拉，我們去香港吧。」

你是個好人

命格：機率格

存活：一百五十年

徵兆：不管宿主是羅莉控、御姐控、制服控、還是歐巴控，對方都會不斷拒絕宿主的追求，甚至在宿主還沒開始追求時就用最遺憾的溫柔臉色，拍拍肩膀對宿主說出這致命的一句話：「對不起，你是個好人。」

特質：還有什麼狗屁特質可言呢？宿主天生就是悲慘的典型，雖然沒有任何依據，但宿主都是男性，使這種悲慘典型總是與萬年處男有邪惡的聯盟關係，宿主的皮包裡永遠躺著無法用掉的初夜保險套，要小心使用期限喔！

進化：恭喜你當爸爸了、抱歉孩子長得像隔壁的老王

第79話

香港的夜，蘭桂坊。

凌晨兩點半，「Rosa my bitch」地下舞廳裡，重低音的喇叭震得地板隆隆作響，重重帶著水果香味的煙霧在十幾張黑色大沙發間繚繞，俱是擺在沙發旁茶几上巨大的水煙壺所慵懶噴出的，那複雜的氣味濃郁到幾乎要凝滴出汁來。

一輛灰銀色奧迪停在Rosa my bitch對面，烏霆殲坐在駕駛座上翻著剛在路邊書報攤買來的漫畫，鉅細靡遺地看著每一頁港漫文化中誇張的刀光劍影。

這輛從銅鑼灣扛霸子陳浩南經營的地下賭場贏來的德國進口車，是這兩兄弟透過幾組簡單的機率格奇命輕鬆到手；後車座堆滿了《風雲》、《天子傳奇》、《黑豹列傳》、《神兵玄奇》、《尋秦記》、《古惑仔》等港式漫畫，足見烏霆殲的濃厚興趣。

突然，副座旁的車門打開，是剛剛從舞廳鑽出來的烏拉拉。

「哥，有個隱藏式的電梯可以通到舞廳底下，下面是個很大的會議室，裡頭差不多有七隻鬼。你說得沒錯，都是天下會的。」烏拉拉滿身大汗，紳士從衣領探出頭來。剛剛的潛伏刺探費了不少心神，足見底下的吸血鬼可不是泛泛之輩。

「有聽到他們在談論什麼？」烏霆殲還是翻著漫畫，正看到聶風、步驚雲、無名聯手對抗絕無神的橋段。

「他們在談論不久前發生在台灣的吸血鬼幫派火拚的事，據說有日本的吸血鬼潛在勢力最大的黑奇幫裡，靠著從日本搬去的後盾幾乎掃平了台灣其他幫派，連那隻叫上官的大鬼也吃了大虧。」烏拉拉將剛剛聽到的情報說出：「天下會正在等藍月宗的吸血鬼頭目來開會，一窩鬼打算搭夜輪去台灣。」

「去台灣？想趁機從中獲利麼？」烏霆殲又翻了一頁。

「不，倒像是要去支援那個叫上官的大鬼。」烏拉拉說。

烏拉拉很好奇那位身處台灣、名叫上官的吸血鬼到底是怎麼一回事。打從他開始追獵吸血鬼起，他已從許多張嘴巴聽到「上官無筵」這名字，每個吸血鬼在談論這四個字的時候，都帶著非常奇異的語氣。

「哥，我看他們好像不是壞人。」烏拉拉說。

也許是因爲舞廳重低音喇叭正轟出的，恰是他最喜歡的搖滾樂團之一「都市恐怖病」

的招牌歌「跟上來吧！兔子」。愛聽搖滾樂的，不管是人還是吸血鬼，到底都不會壞到哪去？

「爲什麼你會這麼想？」烏霆殲專注地看著漫畫。

「鬼的世界好像不是那麼統合，日本看似是東方血族的匯聚之地，但我們殺過的許多鬼都對日本的鬼深惡痛絕。也許，在某個程度上我們獵命師跟這些鬼的目標都是相同的，可以合作。」烏拉拉說。

「合作個屁，你看過羚羊跟豹子合作殺老虎的麼？吸血鬼沒有一隻像樣的，如果有一天你被咬成吸血鬼，我二話不說把你殺得不能再死。」烏霆殲終於抬起頭，瞪著弟。

「懂了啦。」烏拉拉只好這麼說。

烏拉拉打開日文語言學習雜誌，戴上耳機，跟著廣播逐句練習起日常會話。他知道時機還沒成熟……舞廳地下室裡的幫派吸血鬼還不夠多，不夠強。

二十多分鐘後，兩輛墨藍色捷豹敞篷跑車唰地停在舞廳前，六個穿著深藍色套裝、黑色高跟鞋的短髮女吸血鬼自信俐落地下車。一進入舞廳，跑車隨即駛離。

「藍月宗的代表都是女的啊？」烏拉拉隨口問，認出帶頭推門而入的短髮女吸血鬼，正是赫赫有名的藍月宗幫主，司徒艷芳。

司徒艷芳以前是香港資深藝人，是一流的舞台歌手，也是載譽無數的影后。在外界都以爲她因末期癌症過世的同時，她實已進入夜的領域，創立了以女吸血鬼爲主的幫派藍月宗，是香港演藝事業的幕後勢力之一。

「今天晚上很有看頭。」烏霆殲放下漫畫，兩人打開車門。

這次不再需要偷偷摸摸地刺探，而是昂首闊步地進去大鬧一番。

天下會跟藍月宗都是拔尖兒的吸血鬼幫派，在地方紮根已久，有情有義，就連香港秘警部都對其懷抱三分敬意，每每有大規模掃蕩行動，必有內鬼暗中通知幫會首領。

不理會舞廳的糜爛電音與懷疑的眼神，兩人在水煙壺噴出的果香煙霧中大步來到舞廳走廊末端、洗手間旁一幅英國女皇的油彩畫前；烏拉拉手指連擊暗處機關，油彩畫喀喀喀往後陷入牆內，露出地上一片白色的大理石板。

一個站在黑色沙發旁大笑飲酒的光頭男子突然收斂笑容，看著烏霆殲與烏拉拉踏上白色大理石板，拿起手機撥按通知。

兩個不速之客隨著下沉的石板，消失在舞廳喧鬧的氛圍裡。

□

「烏拉拉，這是我們第幾次聯手？」

「第十一次。」

「這次比以前任何一次都要屌，因爲敵人的牙特別銳利。」

「我知道。」

「還記得我們聯手的三大法則？」

「嗯，第一，要活下來，不然你會殺死我。第二，不是盡力，是一定要做到。第三，任何有智慧的東西都可能錯判，狼會，人會，沒有人不會犯錯。」

「很好。」

□

腳下的地板不再下沉，眼前一亮。

舞廳的地底世界是無數大理石切面所構成，乳黃色不規則的花紋在白色的石板中爬梭蔓延，沒有冷氣空調，但大理石孕育萬年的岩寒自然而然凍發出一股沁心之涼。

這是個幾乎沒有隔間的大空堂。

沒有經過裁切拼貼的大理石會議桌位於空堂中央，地頭天下會會眾與藍月宗來客好整以暇坐在桌子旁，繼續商談原來的事，完全不受烏霆殲與烏拉拉來訪的打擾。

一個高大的光頭巨漢矗立在兩兄弟面前，像塊大理石般巍峨不動。不動，就足令人遍體生寒。

烏拉拉看了一旁的哥哥，烏霆殲並沒有任何舉動，只是聽著。

「司徒姐，妳的心意到底怎麼樣？就算妳想殺上官，也得先救了他才能殺他吧？」天下會的幫主，墨狼，張牙舞爪的狂亂翹髮就像一頭早起忘記梳頭的狼。

墨狼正托著下巴，在大理石會議桌的一端，意興闌珊地看著另一端的司徒艷芳。

「……你我都心知肚明，要連這次都讓上官躲過，以後要殺了上官，就是癡心妄想。」司徒艷芳瞪著墨狼。

烏拉拉的頭微微一偏，視線繞過光頭岩漢的身軀，頗有興味地看著司徒艷芳。她的模樣並不因進入無盡幽闇的夜而減損過去一絲一毫的光芒，依舊是風華絕代。

「上官是你的朋友，不是我的。」司徒艷芳堅持的眼神。

「要不是我這位朋友，妳也不會坐在這裡跟我開這個什麼蛋會。」墨狼懶洋洋後仰，雙腳架在冰冷的石桌子上。

「正是如此，所以我打不定主意，是要救他，還是該殺他。他老是隨自己高興愛怎麼幹就怎麼幹……我只知道，錯過這一次，以後將不再有機會。」司徒艷芳恨恨說道。

墨狼嘆了口氣，不再說話。

司徒艷芳則保持複雜的沉默，身後的跟隨也不敢出聲。

烏霆殲一陣刻意的咳嗽打破了空曠會議室的寂靜。

「實在是聽不下去了。」烏霆殲開口，冷笑：「你們真的以爲有機會，去救，還是去殺那個叫上官的吸血鬼頭頭麼？」

烏拉拉深呼吸。

「這樣吧，算是個男子漢的承諾，今天我在這裡把你們殺光光，然後再幫你們解決那個叫上官的大麻煩吧。」烏霆殲哈哈一笑，突然一記手刀電光火石朝那光頭岩漢一劈。

那岩漢幾乎動也不動，只是右肩微晃；砂鍋大的拳頭砸入烏霆殲懷中，烏霆殲整個人一震，腳向後退了兩步。

烏霆殲的手及時擋在下腹，要不，剛剛那一拳可不是後退兩步就可以化解的。手因擋下巨力而顫抖著。

墨狼跟司徒艷芳還是互瞪著彼此，沒有朝剛要發難的兩兄弟看上一眼。完全從容的氣氛，比起尖銳的叫囂還要來得有氣勢。

「真是場硬仗啊，烏拉拉，準備好，一切都照劇本來。」烏霆殲微笑，吐出一口濁氣。

烏拉拉呼地一聲倒立，單手撐地，兩腳重心不穩般在空中晃著。

「開始！」烏霆殲大叫。

烏拉拉瞬間消失，岩漢只覺得肩膀若有似無地擦過什麼，立刻沉默回敬，毫無保留的一拳揮向同樣朝自己揮拳的烏霆殲。

呼！

岩漢揮空，下顎被上身縮成一團的烏霆殲的上鉤拳擊中，碎裂！

烏拉拉剛剛一個踩肩借力，已來到大理石桌上空，雙手平舉，掌心的火炎咒文頓時耀眼無比，化成兩團高壓火球。

「龍火吞襲！」

隨著烏拉拉高速的自體旋轉，會議室頓時充滿狂然大火，有如龍捲風般快速吞噬冰冷的空氣……與氧氣。

「臭小鬼！」墨狼手中赫然拿著一柄貼臂短鐵槍，迅速將火焰撥擾開，槍桿精準無比往隱沒在火焰裡的烏拉拉刺去！

烏拉拉很快，但長槍的速度不遑多讓，悍然咬著烏拉拉直衝。

墨狼的槍法完美無瑕融入他的詭異身形，或者應該說，已分不出是槍法還是體術誰融合了誰，短槍就像墨狼身體的一部分……最危險的那一部分！

烏拉拉驚險躲過短鐵槍的連續追擊，背脊連冒出冷汗的時間都沒有；但更教他驚異的是，七秒半前火炎咒所施放出的火龍捲，已被天下會與藍月宗共十三人各自用隨身的武器給捲盪開來，個個冷靜非常。烏拉拉的強火突襲，第一次完全沒能奏效。

不愧是出產強者互毆漫畫的地方。

「糟糕。」烏拉拉苦笑，一個奮力拔身，快速在掌緣寫上斷金咒的基本語法，旋即擋架開天下會追轟來的奇形兵刃，發狠一咬牙，竟一口氣劈斷其中兩把長短刀。

墨狼皺眉……這種空手斷白刃的功夫完全不該出現在這年紀輕輕的孩子身上，一定是在手骨裡裝置或灌鑲了什麼，鈦合金還是什麼之類的吧。

此時，電梯前的光頭岩漢已化作一團暴射四濺的肉塊。

烏霆殲抹著口鼻處的鮮血，在漫天肉塊中虎步龍行，一拳將擋路的長鐵棍打彎，又一拳，四周又是灼熱的血霧。

「有兩下，攔下他！」司徒艷芳冷笑，心中卻是暗暗訝異。這窮凶極惡的傢伙，比她所見過的每個獵人都要強悍數倍。

藍月宗女眾一擁而上夾擊烏霆殲，藍影穿梭，烏霆殲身上頓時被數柄月形小刀割得衣蝶片片，卻也毫不留情地將兩名藍月宗襲者踢到再也站不起來。

墨狼卻不理會大殺四方的烏霆殲，自顧橫掃長槍，空中響起一陣不平常的金屬低鳴，空氣中的殘火俱被奇異地切成細片狀，化成金色的流影。

飛快長槍的末端，目標，烏拉拉的膻中大穴。

烏拉拉看準欺近的長槍，一個抓手就要搭上反搶。

「別硬接！」烏霆殲看出不對，大吼。

一個大摔手，烏霆殲抓著一名藍月宗的幫眾就往墨狼的背脊砸去。

烏拉拉的手趕緊回翻，但身體卻來不及躲過短鐵槍的逼身嘶咬，胸前被畫出一道極其可怕的創口，還感到一陣難受的內息翻湧。

倒楣的藍月宗襲者摔落地板。烏拉拉伏在烏霆殲身後止血，心中暗叫好險，自己差點就要目送一條大好手臂飛到天花板。

墨狼停手，哼哼兩聲，斜眼瞪著左後方的烏霆殲。

「你的武器是J老頭打的吧？」烏霆殲拔出插在大腿後的飛刀，鮮血登時泉湧不止。剛剛情急下的大摔手露出了空檔，並沒有被擅使月形飛刀的司徒艷芳放過。

J老頭，一個專門為黑白兩道各路人馬打造獨家兵器的兵匠，一個垂垂老矣的傳奇吸血鬼。J老頭只問兵器是否能帶出使用者的力量，不問求器者是誰，獵人、吸血鬼、武術家、殺人犯……只要讓J老頭感到潛力無窮，他就會為你獨家冶造無與倫比的兵器。

「你的眼力不錯，拳頭也硬，可我沒在獵人的排行榜中見過你，你是誰？」墨狼問，看著躺在地上三名夥伴的屍體，心中感嘆這次是交不成朋友了。

烏霆殲一言不發，脫掉上衣，露出一身坑坑疤疤的可怕肌肉，朝蹲在一旁的烏拉拉伸出手掌。

縮著尾巴的紳士不知從哪裡跑了出來，警戒地看著四周，來到烏拉拉身旁。

「我們不是獵人，是獵命師。」烏拉拉一手亂抓著紳士的小腦袋，一手輕輕與烏霆殲擊掌，瞬間完成仲介強命的動作。

烏霆殲咬破手指，飛快在身上寫上幾個粗獷又潦草的血紅大字。

司徒艷芳瞇起眼睛，不能置信地看著「氣」突然往上拔昇的烏霆殲，那轉變就好像一頭危險的豹子突然在頸後竄長出一大堆鬃毛，莫名其妙變成頭威武的獅子。

而蹲在地上的小鬼頭，則嘻皮笑臉地將黑貓揣在懷裡，一副無所謂。

「獵人也好，不小心走進來的龍套也罷，看來你們剛剛並沒有使出全力，不過這不是重點，是吧？」墨狼兩手互相丟拋特製的短鐵槍，思考著這兩個來襲者的目的。

「烏拉拉。將大明咒催放到極致，五秒內就要決勝負。」烏霆殲右手微曲、高高舉起，左手抓著右手關節搖晃，筋肉虬結。

烏霆殲只打算用一種方式溝通。

「他們不打算讓我們幫上官。」司徒艷芳突然領悟，鬥志一起，飛刀的亮光透出長襯衫袖口。

「原來如此，你們是日本圈養派吸血鬼的打手？嗯嗯，嗯嗯，也好。」墨狼似懂非懂，短鐵槍猛然停住，凝放出方才未有的殺意。

盡管有所誤會，但鏡頭就此停住。

因爲接下來的畫面，全被瞬間亂七八糟的紅色給塞滿。

岩打

命格：修煉格

存活：一百五十年

徵兆：連環車禍下奇蹟似地全身而退，跳樓自殺卻僅受輕傷

特質：皮膚如鱗，肌肉如岩，凝立如山，適合近身搏擊、非跳躍型的武術家

進化：斬鐵，居爾一拳等

第80話

兩個月後，烏霆殲與烏拉拉的父親將從另一個擁有古老獵命師傳統的國度，埃及，出發到香港與兩兄弟會合。

算算時間，靠著奇命「天醫無縫」，兩兄弟身上眼花撩亂的傷到了那個時候早該好了。

在Rosa my bitch電音舞廳底下的死鬥，實在無法找到比「慘」更適合的字眼形容。比起機械強化、以守勢爲主的吸血鬼普藍哲夫，墨狼出神入化咄咄逼人的槍勢，加上司徒艷芳導彈般的月形飛刀，情勢只有更加危險。

九龍，半島酒店，總統套房外陽光普照的陽台上，兩張舒服的躺椅，躺椅上塞了兩個全身只穿海灘褲的大男人。

躺椅旁茶几上，兩杯沁涼的檸檬凍飲，地上一盤撒了海苔粉的薯條，一隻臉上沾滿海苔粉、模樣滑稽的黑貓。

烏拉拉隨意撥弄著吉他弦，哼著奇怪的旋律。他戴著一副價格標籤還沒剪掉的墨鏡，配上毫無章法的長頭髮，樣子就像個死台客。

養傷的這幾天，烏拉拉注意到哥哥每天花在漫畫堆裡的時間變少了，叫烏拉拉在一旁飆吉他的時間卻越來越多。

「烏拉拉，彈吉他很快樂吧？」烏霆殲睡眼惺忪，打了個呵欠。

「是啊，沒有比這個更爽的事了。」烏拉拉撥撥頭髮，嘻嘻笑說：「我留這長頭髮，就是因位每個超厲害的搖滾吉他手都留長髮，總有一天，我們組個band世界巡迴演唱，一邊挑掉世界各地的吸血鬼。」

但其實，自從烏拉拉看過吸血鬼百態後，了解吸血鬼不是兩個字「邪惡」就可以概括道盡的，他對不斷宰殺吸血鬼已沒有太大興趣。

「要記住你現在的快樂，不論如何都要堅持擁有這份快樂，知道嗎？」烏霆殲慵懶地用腳趾挑了一塊溼毛巾擦臉，然後就這麼放在臉上消暑。

「那是當然的啊。」烏拉拉想當然爾。

突然，烏拉拉有點懷念在北京教他彈吉他的獨腳大叔，那真是段初嘗音樂的美妙時光，每天醒來都爲自己找到夢想而開心，每次呼吸都感到意義非凡。不過烏拉拉並不怎麼擔心獨腳大叔現在過得好不好，因爲他臨走前，送了獨腳大叔「歲歲平安」這樣的平凡吉命。

「對了，下下個禮拜爸特地從埃及趕來，是不是有什麼任務要交派給我們啊？」烏拉拉問，將吉他放下。

他的生命中始終欠缺父親對他的肯定，但哥卻一直要他壓抑自己的眞實本領，他雖然明白哥自有道理，但午夜夢迴，心中總是很悶。這些年來父親總是對烏拉拉不太理睬，也沒像考察哥的武技一樣跟他做對打練習，更沒交派過什麼眞正的任務給他。

「還不就是你生日？」烏霆殲勉強笑道，臉上躺著條溼毛巾。

「我生日？」烏拉拉眼睛一亮，卻旋即洩氣道：「不可能的，爸根本不認爲我會是個好獵命師。」

烏霆殲拍拍矮他一個半頭的弟弟，若有所思道：「爸會知道的。在你生日那天，我會解開你所有的枷鎖，到時候你就可以盡情發揮。那時……爸會知道你是一個多麼令人驚嘆的獵命師。」

紳士從吃到一半的薯條中抬起頭，叫了兩聲表示同意。

「眞的會是那樣麼？」烏拉拉有些靦腆。

「當然了。我早就知道你生日會發生什麼事了，要牢牢記住這點，然後……拚了命也要相信我，知道麼？」烏霆殲越說越奇怪，但溼毛巾蓋住他的臉，根本看不到他的表情。

「知道了。」烏拉拉感到莫名其妙。

「休息好了就開始吧。」烏霆殲將溼毛巾一把拿開，慵懶地站了起來。

紳士哀號了一聲，被同樣無奈的烏拉拉捧起，打開身後的落地窗。

與天下會、藍月宗對陣那晚，最後烏拉拉用「大明咒」瞬間放出大約十枚軍用閃光彈「奪取視覺」的突擊的確奏效，但烏霆殲還是頗不滿意，因爲在那決定性的瞬間，就連自己與烏拉拉的眼睛也無法如預期般適應激烈閃光中的景象，連帶朝四周突襲的動作打了折扣。

爲了改進這重大缺點，理所當然地，烏霆殲要烏拉拉每天在總統套房內練習施放大明咒，試著習慣在瞬間的巨光中看清四周動靜。

訓練的內容是：兩兄弟在一疊四處飛散的塑膠撲克牌中找出五張指定的牌型，而所有的動作必須在撲克牌落地前完成。而這項奪取視覺的突襲訓練，竟連靈貓紳士也在其中。紳士必須亦步亦趨跟著四處飛動的烏拉拉，還不能讓任何一張落牌觸碰到。

「你選吧，這次要哪幾張牌？」烏霆殲將窗簾全都拉上，五十多坪室內頓時只剩透出窗簾的些許亮光。

烏霆殲手中搓洗著牌，速度不下任何賭片中的特效畫面。

「就黑桃四、紅心八、黑花五、方塊J……跟鬼牌吧。」烏拉拉揉揉眼睛，唰地一聲倒立。這是他的招牌起手勢，而大明咒積壓的光焰等一下就從他撐住身體的掌底翻洩出來。

「仔細看著我的眼睛。」烏霆殲擺出隨意的架式，說：「我的瞳孔連續縮小三次，就開始所有動作。」手捏著彎曲的一整疊牌，隨時準備破散。

「是，好神祕的暗號。」烏拉拉吐吐舌頭。

此時，烏拉拉當然不可能意識到，兩兄弟間這個神祕又隱諱的暗號，將在兩週後成為許多悲傷瞬間的起點。

離親叛盜

命格：集體格

存活：兩百年

徵兆：不知所謂地殺死至親，無法在謀害的過程中保持清晰的意識，即使竭力抗拒，最後還是無法克制毀滅性的情感；最終導致精神完全分裂者有之。

特質：吃食宿主內心痛苦糾結的情緒而茁壯，如果宿主太過順從命格所刻意歪斜的噬親意識，反而會延緩成長化精的速度。因必須藉宿主的肉身才能產生實際的犯罪，故此命格為了繼續吃食宿主的能量，反而會釋放某種「犯罪的幸運」幫助宿主逃過法律的追緝。

進化：血鎮、百手人屠、罪神的幸福呢喃

〈充滿陰謀的大海〉之章

第81話

這幾天東京表面看起來很平靜，但夜的局勢非常不安穩，從電視新聞上一些蛛絲馬跡便可嗅得出來。

藉著南北韓和平會談重新舉行的理由，美國尼米茲航空母艦群、富蘭克林航空母艦群、亞歷山大航空母艦群三支艦隊，全都開駛到橫濱的美軍駐防區外海，隨時待命「處理東亞突發的軍政事件」。

這是美軍進入二十一世紀以來，在東亞史無前例的大規模軍艦行動，但國際間的媒體卻沒有過多的報導，而將焦點集中在兩韓的政治對談上。

夜。

美軍的航母艦群並不孤單，以劍聖命名的「武藏丸」號爲首的日本自衛隊驅逐艦群，以美日安保條約中的聯合軍演作爲出動的幌子，在大海上與美軍遙遙對陣著。

雙方戰艦上，數十支巨大的白色屏狀雷達緩緩繞轉，生怕比對方晚一秒捕捉到可疑的動靜。沒有佔據媒體任何版面的柯林頓號核子潛艇，在更遠處的海底下待命，用更先進的設備監測魚雷反應。

海風中帶著鹹鹹的溼氣，與肅殺的可怕寧靜。

雙方的軍事設備越是先進，彼此的對峙就越危險，只要有任何一方誤判了訊息，一個倉促的迫擊砲彈，就可能引起數枚核彈從海底升空。

尼米茲號，總指揮艙。

每個肩上縫掛著星星的將領都是一臉沉重，鮮少交談，大多在觀察此次行動的總指揮官，五星上將，艾分尼·史帝克勞茲的表情。

「英國跟法國……有新的電報過來麼？」艾分尼靜默了很久，終於開口問。

這位頭髮花白的五星上將，在過去的一個小時內，只是重複同一個問題。

「報告長官，英國的潛艦堅持在五十海浬外觀望，法國還是主張將事件調查清楚。」一名上士回報。

艾分尼嘆了口氣。

四片掛懸在指揮艙上的螢幕，正進行著多邊視訊會議，其他船艦的將領等候著艾分尼的指示。艾分尼看似渾濁的眼神詢問著其餘四位將領的面孔，都是老戰友了，卻都是首次遇上這樣的危險牽制。

「事件畢竟從我國方面引起，還是致電對方在第三地開會談判吧，總比現在混沌不明的局面好，就算不可避免開戰，也得了無遺憾。」富蘭克林號的艦長多尼茲皺眉。船上三百多名船員、五十幾名飛行員、三百名陸戰隊好手的性命，全都交在他的手裡，可能的話，他想讓這些孩子全數回家。

「無論如何，絕不能承認類銀是我國所研發，這是基本立場。鬼子要幹，就跟他對幹到底。」亞歷山大號的艦長馬克維奇堅定地說，他是個唯命是從的硬漢。

「是啊……基本立場，可是對方絕不會採信。不如藉著類銀的登場進行非預期的強勢談判吧！對方所有的慌亂跡象都顯示，我方擁有極佳的籌碼！」潛艦艦長蓋瑞摸著下巴的山羊鬍。

是啊，東京的吸血鬼可都慌亂的不得了。

不知爲何，美國秘警部委託國家生技中心所研發出的化學武器「類銀」，竟然會從嚴密的實驗室中流出去，飄洋過海，來到前往東京的人血貨輪上，造成數以百計的吸血鬼毒發身亡。

據說，地下皇城裡，數百吸血鬼集體暴斃的場面極爲駭人。而貨品出現攻擊性的毒性反應，日本吸血鬼地下政權當然又驚又怒，將此事件視爲人類聯軍的戰略攻擊——縱使研發出類銀的美國也是一頭霧水。

但無論如何，類銀總是美國針對毀滅吸血鬼世界所研發出的祕密武器，用來對付吸血鬼大本營東京，只是時間的問題。但類銀的提前曝光，麻煩在於……

艾分尼微微轉頭，看著一名年輕的軍官。

這名金髮軍官的軍服迥異於艦上其他人，他獨個兒的墨藍色長風衣，淺藍色的卡其襯衫，挺拔強健的身形，在眾老將中顯得格外搶眼。就跟他的年輕風采一樣。

墨藍色風衣領口，繡著淡淡的銀色Z字母。

「我們都知道類銀並未進入最後完成階段，如果這一點讓對方知悉，恐怕會提前引發戰爭……鬼子絕不會想讓類銀完成型出現，在此之前先結束掉人類文明，是鬼子最可能採取的行動之一。」金髮軍官微笑，用最謙遜的口吻說話。

「對方怎麼可能不知道？」多尼茲嘆氣。

此階段類銀的重金屬特性還不穩定，在重組人體血液成分後不久，便會令宿主產生高燒不退等多重器官衰竭等症狀而死去。只要這次吸血鬼沒有在第一時間吃光所有遠渡重洋的「貨品」，就一定會發現類銀這個重大的缺陷。

「難道要放棄特洛依計畫換取和平？」安分尼陷入沉思。

一個坐在安分尼上將左手邊、穿著黑色西裝的女人搖搖頭，說：「國防部並沒有這樣的權限，如果要進行這樣的談判，至少必須請示總統。」

女人是秘警的隨艦代表之一，位階不高，卻是個通曉局勢的法令專家。

「依照社會的現況，特洛依計畫中最重要的公民疫苗法案，根本不可能在國會表決通過。現在提前夭折，也不失爲解決問題的辦法。」金髮軍官慢條斯理道：「總統如果想競選連任，就不會在這個法案上堅持。」

「小子，我們是在打仗！不是在選舉！」馬克維奇不滿，怒氣騰騰。

「……不，海因斯說的有道理。」安分尼長長地吐了口氣，看著螢幕裡的老搭檔多尼茲。

「特洛依計畫已經祕密進行了三十一年，關鍵的類銀研究還是無法突破，人類的身體根本不可能適應血液的重組。我的朋友，請想想實驗室已經犧牲多少自願者跟街頭流浪漢的生命？特洛依計畫本來就是瘋狂的……我們軍人沒有必要為這樣瘋狂的構想賣命，所有的美國人，全世界所有的人類，都沒有必要為此負擔風險。」多尼茲終於說出心中的話。

金髮軍官，海因斯，輕輕點頭附和。

馬可維奇上將也噤聲了。他只是立場堅定，但心底也不認同特洛依計畫的可行性。就算類銀的終極完成型出爐，要他在手臂上施打區區零點一毫升的類銀液，馬可維奇死也不願意。

改變了血液的構成方式，倒底還算不算個「人」？

或者，倒底還算不算上帝構想中的「人」？

這樣胡亂拼湊的「人」進得了天國的大門嗎？

身為忠實天主教徒的馬可維奇很懷疑。寧願被吸血鬼咬死，他也不願意扭曲信仰。就像兩千片拼圖板，就只能有一種完成的方式。

漸漸地，在靜默中，似乎有某種默契正在視訊會議的螢幕中發酵。

「交給我們Z組織談判，戰爭就可以避免。」海因斯彬彬有禮地開口，衣領的Z字閃閃發亮。

黑色套裝的女子霍然起身，一臉堅定：「請讓我請示總統。」

安分尼點點頭，如釋重負說：「當然。」

此時，通訊士官重重按住蓋住半顆腦袋的耳機，調整著面前的頻率接收器，朗聲說道：「報告，對方武藏丸上的牙丸千軍求見。」

牙丸千軍！

安分尼看了看秘警部派來的女子一眼，頓了頓，說：「讓他來吧。」

第82話

一台沒有任何武裝的黑色直升機，慢慢降落在尼米茲航母的甲板上。

直升機上除了駕駛，就只有牙丸千軍一個垂垂老矣的吸血鬼。

牙丸千軍手持一把畫著雀鳥的紙扇，身穿傳統的紫色和服，前額都禿光了，只剩後腦勺上一大束純白發亮的長髮，走起路來有嚴重的駝背，令原本高大的身材萎縮了不少。

「有勞了。」有別於牙丸氏給人超武鬥派的印象，牙丸千軍倒像個慈祥的鄰家老人，精神奕奕笑著與在甲板上戒備的陸戰隊隊員打招呼，跟著迎機的士官進入甲板底的通道。

簡單的臨時會議室，安分尼上將並沒有坐在椅子上，而是老態龍鍾地踱步。安分尼上將身旁俱是最凶悍果敢的陸戰隊員，視死如歸的氣勢，毫不掩飾握在掌底的銀刀。

會議室中央是塊巨大的、以「銠」纖維特製的強化玻璃相隔，防止暗殺的情況發生。

這樣的安排是有必要的。牙丸千軍不僅是二戰名將山本五十六的軍法導師，年輕時更是號稱「鬼殺神」的可怕武鬥家。即使現在的他已垂垂老矣了，但不代表危險隨著歲月而沉澱流逝。強化玻璃的安置，或許也是一種表達敬意的方式？

會議室的門打開，赫赫有名的牙丸千軍終於現身。

牙丸千軍恭謹地闔起扇子，微微欠身行禮。

「牙丸千軍先生，好久不見了。」安分尼上將雙手攬後，菸斗中的雪茄點了卻不抽，就這麼夾在手指間。

「不好意思，活了一大把年紀，我總是跟不上時代哩，比起對著電腦螢幕開會，我這老頭還是習慣這樣見面說話，嘻嘻，嘻嘻。」牙丸千軍笑道，唰地一聲打開紙扇，風雅的武士氣息。

「哪裡，要你親自過來，才眞的是很抱歉。」安分尼上將打量著牙丸千軍。

這位掌管日本對外事務兩百年的老鬼，就連二戰後日方與麥克阿瑟將軍的談判，也是由這個老鬼操刀斡旋。那時自己連個年輕的小水手也搆不上吧？

安分尼上將看了看身後的海因斯，示意他說點話。

海因斯躬身微笑：「既然是牙丸千軍先生親自過來，我們就打開天窗說亮話吧。四天前在東京發生的血族集體中毒事件，跟美國軍方並無直接關係，其中的誤會還有待調查。我們希冀此事能夠和平落幕，雙方都能在互信的原則下，在三天內逐步撤軍。」

牙丸千軍輕撫著扇子，眼神一直保持爽朗的光采，看待「實際年齡」小他數倍的安分尼上將，就像看待一位多年未逢的好友一樣。

扇子輕輕闔上。

「我說安分尼老弟啊，我們兩軍在這大海上做些什麼哩？類銀化學劑的事我們早就知道了，也早就知道貨櫃輪的下毒者另有其人。只要我一個命令，你眼前這些討厭的船艦飛彈都將退到連雷達都看不到的地方哩。」牙丸千軍並沒有理會海因斯，只是看著強化玻璃後的安分尼上將。

來回踱步的安分尼上將愣了愣，旋即又陷入理所當然的沉默。

「這麼說，貴國的軍艦不是主動出擊，而是因爲我們的航母出現在這裡才被動包圍的？」海因斯卻不驚訝，一派的燦爛從容。

牙丸千軍還是沒看海因斯一眼。對他來說，太過年輕的對象，都不適合在他面前說三道四。

「特洛依計畫延宕了三十一年，這麼久的時間，即使是最堅固的牆壁也會滲水，吾族又怎麼可能不會知道？只要有錢，世界各地都有肯爲血族賣命的眼線。」牙丸千軍失笑，搖搖頭，又說：「但說到類銀就傷感情了，長久以來，吾族一直期許能跟人類和平相處，但人類總是覺得我們不安全……其實幾千年來都這麼過了，我們兩族各自興盛，以各自的努力推動世界朝更美好的方向前進。類銀的出現，實在教我們傷心。」

牙丸千軍嘴巴說傷心，臉上卻不改和煦的慈藹。他的額上密密麻麻都是深褐色的老人斑，每條皺紋都肌理分明，以他純種吸血鬼的體質，要老化成這副德行，至少也得經過五百年的風霜。

「類銀的事你們之所以一直隱而未發，想必也是知道……」安分尼上將開口，終於拿起雪茄抽了口，吐出的煙霧遮蓋住他最細微的表情變化。

「類銀只是個短暫的科幻狂想，永遠都不可能有出現完成型的一天。」牙丸千軍誠懇地說道：「只是，如果貴國執意繼續特洛依計畫，我們很難認同來自人類世界的善意。」

善意？安分尼上將的表情有些驚奇。

「是的，善意。雖然秘警系統普遍存在於人類諸國，對於獵人也特別給予待遇，但吾人能夠理解並體諒這樣平衡力量存在的必要，那是人類自我安定的保障。」牙丸千軍輕輕拍打著手中的紙扇。

海因斯心中一陣嘆服。

牙丸千軍慢吞吞走到透明的銑纖維前，撫摸著當前最有效的軍事強化玻璃，措詞懇切說：「就像這塊玻璃，看似阻隔了你我，但我卻不會因為上將你的防備與戒心，折損我心中對上將的敬意。換作是我，也當如是，說不定還要用十幾把槍口直接對著你哩。」說著說著，牙丸千軍笑了起來。

躲在雪茄煙霧後的安分尼上將暗暗佩服這老鬼的氣度。即使明知是深沉的老練所偽裝出來的，願意這麼做，亦同樣值得欽佩。

這個世界上有太多的紛爭，都是因為不懂得，或不願意佩服對方所致。尤其雙方都擁有毀滅對方能力的時候，這樣的佩服就更重要了。

「但，類銀比之秘警、獵人，乃至一切對吾族的獵捕，都是極不同的意義。那是決心要毀棄兩界的平衡，徹底消滅吾族了……那便是戰爭。」牙丸千軍的眼神流露出無比感傷，說：「我無間斷活了七百多年了，已學會不能低估人類的力量。有句話說得好：第一次界大戰在寂寥的壕溝中結束，第二次世界大戰在廣島的核子雲端結束，而不論第三次世界大戰結束的方式爲何，第四次世界大戰，所用的武器必定是石頭與棍棒。」

「我知道了。如果牙丸千軍先生希望我們停止類銀的研究，我們會轉告總統跟秘警部。先生該知道，在這片大海上並沒有任何人有這樣的權限。」安分尼上將嘆氣。

牙丸千軍微笑，點點頭。

他捨棄冰冷的通訊會議，選擇親自搭直升機前來，終於爲這次的和談留下初步的共識。

「那麼，便容我先告辭了，吾族的軍艦在半個小時內便會離去，也請將軍在天亮之前往後撤到一百海浬外。吾族跟人族有太多共通之處，畢竟吾族九成九都是自人族後天生成；也許我們有太多彼此廝殺的理由，卻沒有必要共同走向毀滅啊。」牙丸千軍笑笑說完，便要轉身離去。

海因斯突然開口。

「那麼，關於東京都血族集體遭到毒殺一事……」海因斯。

牙丸千軍停步，這是他首次對海因斯的話有了反應。

「想必是有老鼠從中搗亂，想誘得雙方開戰吧。」海因斯看著牙丸千軍微駝的背，微笑說：「是否由我們雙方共同調查此事，也可增進彼此的和平誠意。」

「喔？」牙丸千軍不置可否。

「我們Z組織矢志成爲兩族間的和平媒介，如果有用得著的地方，Z可以立刻成立專案小組，在……」海因斯說。

牙丸千軍淡淡地說：「不勞費心了。」跟著方才那位領步的士官走出會議室。

海因斯的臉上看不出一絲氣餒或恙怒，依舊是無傷大雅的微笑。對他來說，所有對「成功」沒有幫助的情緒，最好都別花時間在上頭打轉。

「通知其他艦艇……開始依三級警戒程序撤軍。」安分尼抽著菸斗雪茄，看著一旁的通訊士官，補充：「幫我接通總統。」

三分鐘後，停在尼米茲號甲板的直升機在震耳欲聾的螺旋槳聲中緩緩起飛，朝武藏

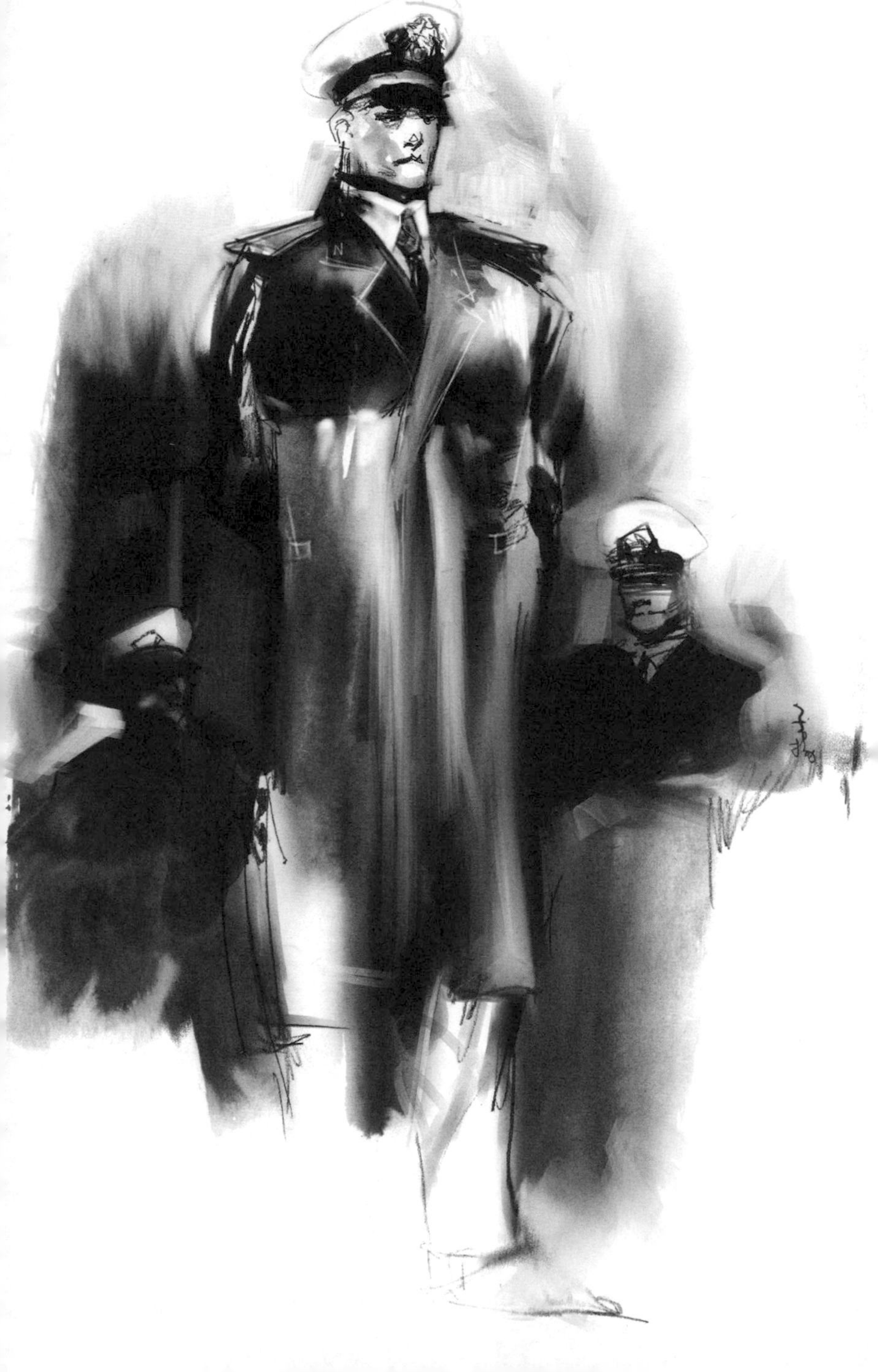

丸前進。帶走了和平的短暫約定，也帶走了上百艘充滿殺意的驅逐艦。

夜已到了盡頭。

直升機上，牙丸千軍看著逐漸縮小的尼米茲號。

「Z組織……媒介和平？」

比起剛剛談判時的愉悅姿態，離去的牙丸千軍看起來蒼老許多。

「智慧、勇氣、經驗、學識、愛情……這個世界上，也許只有一種東西不需要時間慢慢培養，而是始自天生的氣味。」牙丸千軍閉上眼睛，彷彿看見海因斯領口的銀色Z字，說：「那便是野心。」

第83話

有一種珍貴的存在，即使在最巨大的野心面前，也無所畏懼。一向如此，儘管在歷史中，這兩者總是互有勝負。

不管由誰勝出，都是另一個時代的開始。

美日軍艦在大海上充滿殺意對峙的數天前，某間熱氣蒸騰、人聲鼎沸的拉麵店裡。

一個擁有那種珍貴存在、另一個企盼擁有那種珍貴存在的人，在靠近垢滿焦黃油煙的牆角旁座位上，看著桌上筆記型電腦螢幕上記錄的一切。

一共有十五個視窗。

第一個到第五視窗，播放著烏拉拉在台場飛奔的樣子，播放的每秒格數還刻意調低許多，好清楚捕捉畫面的細節，也因此才知道烏拉拉的背後，還有一個異常的黑影遠遠跟蹤著。

第六個到第十四個視窗，是烏拉拉與狩在屋頂一追一逃的窘戰。因爲兩人不斷迂迴，各監視機捕捉到的片段就像無法連接的拼貼，除了右下角的時間顯示，只能從烏拉拉身上的傷口狀況判斷出時間關係。那畫面就像格鬥電玩中的異種廝殺，狩不斷噴出大絕招似的毒液彈，烏拉拉拚命逃躲……只差沒有補上兩槓生命值。

第十五個視窗，則是烏拉拉從天而降，與陳木生互對一掌，雙雙震開倒地；隨後狩落地，與烏拉拉再次展開戰鬥，在最後一次奇異的錯身過後，狩似乎喪失了戰鬥的特質與意願，陷入崩潰的情緒裡。警方趕到時，畫面中只剩兀自昏厥的陳木生。

拉麵店裡很吵，這種帶著無數食材氣味的喧鬧，讓坐在陳木生對面的宮澤找到徹夜疲憊後的心安。

「從我進入警視廳的那一天起，我就一直百思不得其解，爲什麼每次有命案發生，身爲警官的我從來不能直接取得社區攝影監視機裡的帶子，卻必須要用申請的……而且十次總有一、兩次即使申請了也沒下文。直到我進了奴才V組後，才有調動全京都所有社區監視機的權力。」宮澤的手指在觸控板游動，看著狼吞虎嚥拉麵的陳木生：「這城市藏著數不盡的攝影機，也許多到連我的老闆們也不清楚吧。很多見不得人的祕密都藏在這些小眼睛裡。」

陳木生左手邊，已經堆滿了四個狼藉的大空碗。

在將四個滿滿大碗吃到空的過程中，宮澤已經將殺胎人與醫院暴走的故事說了一遍，陳木生只有偶爾的表情變化。

「昨天晚上的東京簡直一團亂，詳細情形我還沒打聽清楚，只知道有兩個非常厲害的傢伙大吵大鬧了一頓……就是畫面中這位，我認出他也是前幾天在醫院暴走的怪人之一，沒有意外的話，他是我剛剛跟你說的殺胎人的弟弟。」宮澤看著陳木生，用他紅腫睏倦的雙眼。

一夜都沒有睡，宮澤忙著消化阿不思給他的古文獻影像，並研究這些畫面中發生的一切。

沒有人比宮澤更清楚他的腦子是怎麼運作的。吸血鬼古文獻裡無數毫不相關的斷簡殘篇，宮澤卻能透過他最擅長的「分類」技術，從幾個不經意被埋在其中的關鍵句纏黏出蘊藏在底層的……一種稱之爲「獵命師」的反抗勢力。就連幫他翻製這些文獻的阿不思，都沒能看出來。

但陳木生並沒有怎麼搭理宮澤，要不是看在拉麵很好吃的份上，他一秒都不想待在這吸血鬼走狗的面前。吃飽了之後三天的份，他就會拍拍屁股走人，絕不含糊。

「他是你的同伴嗎？」宮澤問：「跟你對掌的那個。」

「不是，見都沒見過。」陳木生又放下一個空碗，這是他首次回應宮澤，只因他覺得這樣的回答無關緊要。

「他很強嗎？」宮澤問了個高中生等級的問題。

「很強。」陳木生瞪著宮澤，狠狠說道：「跟他對陣的，可是東京十一豺。」

「你真的不認識他？」宮澤確認。

「不認識。不過就算不認識，要是當時我還清醒，照樣幫他打死那個愛亂吐口水的瘦鬼，怎麼？你要打電話叫你的吸血鬼朋友把我抓走嗎？」陳木生冷冷說道。

宮澤注意到陳木生還沒打嗝，於是又揮揮手，向店員又要了碗特大號的味噌玉米拉麵。

熱騰騰的特大號拉麵不多久就送到陳木生面前，陳木生毫不客氣地插筷就吃。

「我想也是，你不認識他也是很正常的。他應該就是所謂的獵命師，而不是獵人。

他身上的紅色漢字咒文就是證明，那些醫院裡的貓也是證明……文獻裡是這麼暗示的。」宮澤回憶在古文獻卷軸中推敲出的蛛絲馬跡，自言自語：「你知道嗎？在許多地方貓都被視作接通陰陽的生物，古埃及人甚至在金字塔法老陵墓中備妥貓的棺材；在中國，貓則有九命的傳說，獵命師將貓帶在身邊，代表貓是獵命的滿足條件之一，合理猜測，獵命師不是藉由貓施展魔力，就是將貓當作儲命的關鍵。」

陳木生呆呆聽著，宮澤隨即會意過來，回神說：「離題了。只是這些叫獵命師的人到底用什麼樣的技術把命抓過來丟過去的，我就無法意會了。只能說，他大概把很了不起的東西給了你。」

陳木生冷冷哼哼幾聲，嘴裡都是麵條與碎玉米，說道：「獵命師？很了不起的東西？你在說什麼屁啊？認眞告訴你，想從我這邊套話是套不出來的。」陳木生的身上凜凜有威，讓原本睏倦的宮澤精神爲之一振。

不僅爲之一振，還感覺到對面直衝而來的凜凜神魄。

「你自己難道沒有感覺嗎？除了改變的奇怪掌紋，還有你現在給人的威武感覺……某種東西已經在你的身體裡紮了根，與你的靈魂纏綁在一起。」宮澤。

「纏你娘。那又能證明什麼？」陳木生將碗捧起，大口大口喝湯，有些湯汁還從嘴角溢了出來，將原本就骯髒的衣服淋上新的湯漬。

「你是我在東京遇到的第一個獵人。如果我們正活在一本熱血漫畫裡，這次的相遇一定有其意義。」宮澤說，心中不禁有些感動。

「意義個屁。」陳木生放下空空的碗。

宮澤不以爲忤，他也常常瞧不起自己。

宮澤看著陳木生，用很誠懇，不，很天眞的語氣說：「不管你相不相信，那個獵命師就算不會拿走放在你身上的東西，也會爲了某種原因再去找你。獵人先生，如果眞有那個時候，請你務必留住他，然後跟我連絡。」

「一日獵人，終生獵人。出了這個門，我死也不會跟你這種人連絡。」陳木生冷冷地說，摸摸肚子打了個嗝，站了起來。

宮澤嘆了口氣，搖搖頭，又點點頭，手指在自己面前已冷掉的豚骨湯汁裡浸劃著。百感交集，但也是自作自受。

「獵命師想殺進地下皇城……」宮澤開口。

陳木生本來已經起身要走，聽了此話，面色不禁一動，僵在位子上。

「至少……有一個獵命師想這麼做。」宮澤緊握著桌上的麥茶。

「這個世界上，眞的有你所說的那種人？」陳木生瞪著宮澤。

宮澤手裡的麥茶無風生波，甚至還抖濺出來，正好從陳木生身後經過的服務生突然莫名地心悸，將手盤裡的碗筷一股腦跌在地上。

宮澤注意到，整間店裡的人全都停止手邊的動作，臉色古怪，有的甚至面露驚恐，手腳發顫。

「就算那種狂人想殺進鬼娘養的吸血鬼皇城，那又如何？」陳木生的手按在桌子上，手臂逐漸發紅，周圍的景象因爲瞬間的高熱扭曲起來。

宮澤瞪著陳木生通紅的手掌深陷入桌，隨著木桌上的白煙越來越盛，掌緣的桌木終於因高熱燒了起來，原本就產生集體焦躁情緒的店裡立刻發覺讓他們感到不安的所在，個個瞠目結舌，看著發出奔騰殺氣的陳木生。

「垮！」

突然，桌子砰地燒裂成兩半，成了兩團撕漲著火煙的木塊，筆記型電腦連同湯湯盤盤地全摔在地上。

宮澤卻面不改色，只是看著陳木生還冒著火焰的手，微微點頭。

「鏘——」警鈴聲大作，天花板管路上的噴水系統一啓動，大量的水飛旋灑落，店裡的客人有的抱頭鼠竄，有的立刻拿起公事包擋在頭上，有像是觀光客的男女乾脆拿起數位相機朝宮澤與陳木生猛拍。

小小的拉麵店裡如同下起傾盆大雨，閃光燈與尖叫聲此起彼落，宮澤坐在椅子上，手裡還拿著麥茶。

「你到底想幹什麼？如果你敢說謊的話，想必會帶給附近派出所的驗屍官相當大的困擾，對這間店的老闆也很不好意思。」陳木生的手猶如炙紅的烙鐵，縱使被洩水澆到，也只是暴起一連串吱吱焦響，與白煙。

陳木生雖是土法煉鋼，但畢竟千錘百鍊了的「鐵砂掌」，可以輕易將宮澤的血肉之軀裂成數十塊連DNA都萃析不出來的焦炭。

「我想成爲，一個可以被英雄信任的人。」宮澤說，水順著髮梢劉海滑洩進眼裡，眼睛卻沒有分毫眨動。

陳木生抖抖手，一吸氣，奇異的火焰瞬間消失。

「不論結果如何？」陳木生虎目瞪視。

「我不敢說。」宮澤誠實地說。

陳木生首次對這個為吸血鬼奴役自己同胞的走狗，產生一點奇異的看法。

「那麼，我要怎麼連絡你？」宮澤。

「名片。」陳木生將那張皺巴巴的名片丟在地上。

陳木生轉身離開還在灑水的拉麵店，以及一張張錯愕不已的臉。

宮澤撿起那張容易讓人聯想到電影「少林足球」的名片，拿出一張即期支票，在上頭寫上一串絕對會令老闆滿意的賠償數字。

「祝你好運……不，你已經有了。」宮澤吐出長長的一口氣。

順手牽陽

命格：集體格

存活：十個月

徵兆：周遭幸福的人會急速失卻各種幸運，家道中落、離婚、落選、落榜、宣布選舉無效

特質：不斷吞噬他人幸運，以中和自身的負面能量。古稱「相沖」，今稱「怨念」。正負中和成功的起點，也是大家鬆了一口氣的開始。

進化：只會因幸運中和宿主的不幸成功而消隱，傳言曰成佛。

〈四面楚歌的逆擊〉之章

第84話

深夜的上野恩賜公園，剛剛抽發新芽的櫻花樹林間，飄抹著一股淡淡的清香。

一台銀色的賓士SL350用最緩慢的速度繞過不忍池，連池裡最敏感的天鵝都沒有驚動，車子最後終於停在幽靜的櫻樹林間，熄掉引擎。

車門打開，一個臉色蒼白的長髮女子左顧右盼，確定沒有躲在暗處親熱的情侶後，一個深呼吸後的決心，長髮女子迅速下車。

長髮女子在白天時已來過附近探勘了幾次，知道這個角落並沒有隱藏式監視器，於是，「她」突然摘掉頭上的假髮，丟進車窗裡。

原來「她」竟是由男子假扮。這樣刻意僞裝，背後的企圖已很明顯。

犯罪。

男子走到車尾巴，因爲手不停顫抖的關係，滿身大汗的男子連續試了三次才打開後車廂，抬出一具剛剛氣絕不久的女性屍體。

「對不起美照子！我也不知道我究竟是怎麼了，我明明是如此愛妳……妳知道的，我有時候也不清楚自己在做些什麼……」

男子明明就很想痛哭一場，卻無法掉下眼淚。一滴眼淚也沒有辦法。

儘管哀慟不已，但男子身體的動作就像上了發條的自動木偶。

他拿出預先準備好的繩索，抬頭找到一條特別粗大的橫長樹幹。一甩手，繩索盪劃過樹幹，男子迅速結了個結實的套環，嘆了口氣。接下來五個無法言明的犯罪步驟後，將臉色發黑的女子成功吊上樹頭。

終於完成了上吊死亡的「僞自殺」。

就像儀式最後的單調獨白，男子的精神走向崩潰，跪在女屍搖晃的雙腳下，難受得想要就此死去。男子痛苦地想嘔吐，卻竭力忍住，以免留下證據。

「不可能的……我不可能爲了錢殺了妳的……美照子，我根本無法請求妳的原諒啊！我是個惡魔……不，有隻惡魔住在我的身體裡面啊……」

男子的手指拚命在眼睛裡掏挖著，想挖出根本不存在的眼淚，最後兩眼血腫，終於顫抖不已地放棄。

這名叫荒木彰的四十七歲男子，在十九歲時便結了婚……生平第一次的婚姻。

結婚第三年，荒木鬼迷心竅，替妻子保了兩千萬日幣的意外險，然後將不知情的妻子推下山崖。那時的荒木，非常清楚自己要的是什麼。不過就是錢。

荒木第二任妻子，在爲他生下一對可愛的雙胞胎後，便因爲產後憂鬱症墜樓自殺，鄰人議論紛紛，無不爲她早逝的生命惋惜。當然，事情的眞相充滿了惡意。荒木又只是輕輕一推，便從保險公司領走了計畫中的一億五千萬日元。

緊接著的兩年，雙胞胎相繼因不明的疾病死去，荒木用邪惡舔舐著鈔票，得意洋洋。他根本對親生孩兒不抱情感。

「錢」，才是他靈魂的唯一牽繫。至少，在那個時候荒木還可以這樣「安慰」自己。

但，荒木在擁有了美好的財富後，他還是下意識地替深愛的第三任妻子保了鉅額意外險，數目尾巴的零多到荒木也數算不清。荒木與新婚妻子在馬爾地夫度蜜月時，荒木將安眠藥摻入吧台的飲料裡，看著妻子掛著甜蜜的笑意睡去。

「我實在是控制不了我的手……」荒木當時淚流滿面，卻還是將妻子永遠沉葬在旅館後的蔚藍泳池裡。

荒木終於驚覺，他的邪惡已經迷失了方向，只剩下了邪惡本身。

爲什麼？他已經如此富足，爲什麼還要謀害枕邊的至親？

一筆鉅額保險金又進了荒木的銀行帳戶，但荒木一絲喜悅也提振不起。毫無人生方向，畏懼自己被地獄的惡魔附身，荒木全心投入了佛經與宗教的世界，想藉此淨化自己的靈魂……也因此認識了經銷佛書的妙因女士。

一年後，荒木與妙因幸福締結連理，生下一個聰明的女娃娃。

第三年，等到荒木從血泊中驚醒時，他才醒覺他又亂七八糟地害死妻子與女兒，手中拿著不知所以然的保險單。

那絕不是意外，根本找不到理由擺卸責任，荒木很清楚他一手設計的車禍意外充滿了恐怖的惡意。

惡意。犯罪。邪惡。數字。不斷因爲不再需要的金錢害死身邊的至親，成了荒木無法擺脫的陰影，一串沒有解答的混帳問號。

美照子，不過是荒木即將領收的第七張支票罷了，再無其他的意義。

荒木跪在美照子冰冷的腳下，念了三遍往生咒後，終於壓抑住想毀滅自己的衝動，恢復一貫的冷靜，仔細將地上剛剛跪下的痕跡抹去。

「再見了，美照子。如果有一天到了地獄，我心甘情願受妳的折磨。」荒木慢慢站起，拋下應該留在現場的賓士車，朝著沒有隱藏監視器的小徑離去。

咚。

一聲沉悶的不尋常重響，就在荒木轉身的瞬間。

荒木感覺背脊發冷。

那是……那是什麼聲音？

荒木的喉頭鼓動，清晰地聽見自己口水艱難吞嚥的聲音。

荒木慢慢轉頭，脖子的肌肉完全緊繃，呼吸就在他瞳孔縮小的那一瞬間暫時停止。

美照子的屍體斜斜趴在地上，兩隻因高壓突出的眼睛彷彿正凝視著荒木。

懸在樹幹上的繩索斷了，夜風一吹，搖晃的繩影更顯詭異。

荒木竭力克制害怕的情緒，將心思轉向一個犯罪邏輯的分岔點：就這樣走開吧，繩索承受不了重力而斷裂，在警方看來也是很合理的？不，這樣可不行，美照子是被自己活活掐死的，才剛剛用繩子假裝吊死就失敗，繩痕根本來不及取代脖子上的勒痕……自己特地選了一條格外粗大的繩子，就是這個道理。

怎麼辦？荒木冷靜蹲下，在腦子裡搜索自己看過的推理小說，赤川次郎……卜洛克……宮部美幸……克莉斯蒂……想在五花八門的殺人脫罪方式中選出最適合現在情況的一種。

「眞幸運。」

一個古怪的聲音突然鑽進荒木的耳朵，荒木身子一震。

「除了死沒人性的『離親叛盜』，還附贈一具新鮮的屍體。新鮮的屍體介於陰陽之間，最通靈了，尤其是這種冤氣不散，老是在幽冥路上徘徊不定的傻瓜屍體……」

荒木的褲管溼了。因爲他這次聽明白了，那古怪的聲音是從死去的美照子口中發出來的。

美照子的身體慢慢「爬」了起來……不，不是那樣。

美照子屍體極不自然的動作，看起來像是被一股奇怪的力量給「吸」起來，四肢垂晃，毫無自行施力的跡象。

就像木偶一樣。

即使平日再怎麼冷靜，看到這一幕，荒木還是徹底崩潰了，張大口，全身寒毛豎起，他清楚感覺到，在厲鬼從陰間爬梭出的追索下，自己的性命將在接下來的幾分鐘內，經歷最慘酷的粉碎。

「哈，別嚇著人家了，他也是身不由己。」

清朗的聲音自荒木的背後近距離傳來，荒木大驚，還來不及轉頭，自己的腦袋就被一隻手掌重重一壓，身體完全無法抗拒地跪下。

彷彿，聽見了一聲貓叫？

「不好意思了，烏霆殲，這次的『離親叛盜』，又是我們先得手了。」背後的聲音說道。

荒木大叫了一聲，但喉嚨卻什麼真正的聲音也發將不出。

接下來荒木兩眼發白，腦子裡一陣瘋狂的天旋地轉……碎！碎！轟！有某種可怕的「東西」正在自己體內逃竄！一邊淒厲地嚎叫，一邊倉皇地逃竄，跌跌撞撞！

是惡魔嗎？是寄居在我體內的惡魔嗎？荒木突然看到很多可怕的幻覺，漸漸地，他的意識被地獄的刑罰景象給取代，就這麼昏了過去。

「憑你這種不上不下的髒東西，也想成精成仙？」一個燦爛無比的笑容貼近荒木的耳邊，用譏嘲的語氣對著荒木體內的「那東西」說話。

此人壓在荒木頭顱上的手正冒著白煙，另一隻手則抓著一隻通體火紅的怪貓。

「啾！」荒木噴出兩槓深黑色的鼻血。

火紅怪貓的身子同時一陣哆嗦，那擁有光明笑容的男子吹熄掌心的白煙。

荒木驀地往前一墜，頭頂著地，雙手斷翅般抽搐，那姿勢就像被迫的懺悔。一動也不動了。

「玩夠了吧，前輩，你這變態的嗜好可得改一改，對淑女不敬呢。」說話的，正是剛剛獵得凶命「離親叛盜」的天才獵命師，風宇。

美照子的屍體不可思議地漸漸離開地面，一陣震動後，終於停住怪異的「上引」。

一個嘴叼著菸的高大綠髮男子，赫然從櫻樹下的黑暗浮出。他的手臂極不正常的「長」，巨大的手掌正抓著屍體的腦袋，毫不在意地搖晃。

不知何時，美照子屍體的額頭上，被新鮮的血污塗上了「化土咒」中的「穢土擒屍咒法」。

「……有時候我難免會想，一個人死了之後，他的屍體倒底還是不是他自己？比如說，你，風宇，你淅哩嘩啦死掉以後，我應該繼續叫你『風宇』呢，還是叫你『風宇的屍體』？還是乾脆一點，用『屍體』就可以了？」綠髮男子摟著美照子下沉的屍體，用任何人都聽得出來的不友善語氣，跟風宇說話。

鰲九，他從見到風宇第一眼開始，就沒生過一分好感。以後也不這麼打算。

「我想，如果哪一天我變成了一具屍體，前輩怎麼叫我都可以。甚至，當前輩化土咒的奴隸差遣也無妨喔。」風宇若無其事笑道。

他這種言不由衷的樣子，尤其令鰲九反感。

鰲九放開手中的屍體，手臂也恢復一般人的長短，而美照子的屍體就這麼呆呆地站在鰲九身邊。她當然不是活轉過來了，而是變成傳說中所謂的「咒屍」。

「夠了，今晚的行動已經結束，這次是我們贏了，走吧。」鎖木在樹梢上說道。

十幾公尺外，阿廟也同樣在高高的樹梢上。雖然她長期處於嚴重驚嚇後的呆滯，但她卓越的「能力」完美地監視著周遭動靜。

無數條肉眼看不見的蜘蛛絲布滿了附近密密麻麻的櫻樹枝幹，雖然無法產生任何傷害，但有任何風吹草動，阿廟就會從蜘蛛絲的震動感應到來者的資訊。

這次，窮凶惡極的烏霆殲並沒有跟來。幸好如此。

昨天跟前天，烏霆殲都早他們一步吃掉「你是個好人」、「電車痴漢」兩種詛咒宿主的邪命，加上烏霆殲從沒停過捕食能量較低的「天詛一瞬」，令他身上的黑暗能量又膨脹了不少。

縱使沒有靈貓做拍檔，將鼻子練到比靈貓還要敏銳的烏霆殲，在獵捕這些偏離正道的厄命時總是比他們還快。

烏霆殲已經太接近邪惡，絕對會走向自我毀滅。如果邪祟能量更巨大的「離親叛盜」再被烏霆殲吃掉，以後要對付他，就加倍困難。如果他尚未被邪惡焚毀他的肉身。

「晚上還沒結束呢，要不要再找找其他的怪命？這座城市不知道怎麼搞的，亂七八糟的命全都塞在這裡。」鰲九看著鎖木，吞雲吐霧，踢了踢跪在地上的噬親者荒木。

雖然還是不認同鎖木的實力，但鰲九對鎖木已經沒有初時那樣的輕蔑，因爲鎖木總是沉穩地研判每一次的情勢，這樣的冷靜贏得鰲九願意跟他好好說話的態度。

「只要大家堅守不跟烏霆殲正面衝突的原則。」鎖木笑笑，與阿廟一齊跳下樹。

「我沒意見。」風宇聳聳肩，也點了根菸，在淡淡的人造煙霧中從容地欣賞夜晚的櫻樹林。

鎖木看了看阿廟。阿廟當然也沒意見，她早已失去了「意見」的能力。

此時，鎖木的手機響起，來電顯示是書恩。

「我們已經獵到『離親叛盜』，你們那邊怎樣？」鎖木接起電話。

城市的另一端，傳來書恩哭泣的聲音。

「怎麼了？……誰出了事？」鎖木沉聲。

鰲九與風宇發覺不對勁，全都豎起耳朵。

「五分鐘前我們在新宿圍獵『罪魁禍首』的時候，烏霆殲突然出現……朝著我……」

聲音陷入歇斯底里的哭泣。

「書恩，冷靜，到底是誰犧牲了？」鎖木一開始就往最壞的方向判斷。

「婆婆為了救我被殺死了，『天堂地獄』也被烏霆殲吃掉了，孫爺坐在地上調息，他剛剛跟烏霆殲對了一掌。」

書恩牙齒的打顫聲也傳入了鎖木的耳裡。

鰲九突然暴喝一聲，劃破原本寧靜的上野公園的魅夜。

怒火攻心的鰲九東張西望，然後朝面無表情的阿廟腹部轟上重重一拳。鰲九憤怒的拳勁何其凶狠，阿廟被砸得雙腳離地，足足在空中飛了兩秒才墜落。

阿廟沒有立刻爬起，焦灼的鮮血自她的嘴角淌出。

「小樓呢？」鎖木除了皺眉，看不出其他的情緒牽動。

「追上去了！」書恩幾乎崩潰。

「那笨蛋……」鎖木的額上冒出冷汗。

一隻大手搭上鎖木的肩膀，鎖木抬起頭，鰲九示意將手機換手，鎖木遲疑半晌，便將手機遞給似乎努力在壓抑什麼的鰲九。

「書恩，把婆婆的屍體留著。」鰲九接過手機，冷笑：「只要烏霆殲碰過婆婆，婆婆的屍體就會帶我們找到烏霆殲。」

還躺在地上的阿廟，呆呆看著突然受驚衝上天空的夜鶯。

「不等長老團了，今天晚上我們就摘下烏霆殲的腦袋。」鰲九皮笑肉不笑，拳頭已迸出血。

《獵命師傳奇》卷三　完

GAEA

獵命師傳奇 FateHunter

下期預告

牙丸傷心非常確定，如果不把擅長精神力作戰的白氏，納入整個京都的防禦體系，要對付極其強悍的獵命師，根本是不可能的。後頭還有更強的敵人，還沒登陸。

「把那傢伙叫醒吧。」牙丸傷心靜靜說道。

「確定？」無道有些訝異。

那個傢伙，可是不聽任何人號令的，屆時如果他不肯回到樂眠七棺，那是誰也勉強不來。只有等到他斬膩了——或是跟牙丸傷心來場決鬥？

「這個世界上，有幾個名字不管誰聽了都會從腳底板發抖，經過多久都一樣。」牙丸傷心摸著腰際上的長刀……

蓋亞文化圖書目錄

書 名	系 列	作 者	ISBN	頁 數	定 價
恐懼炸彈（新版）	都市恐怖病	九把刀	9789867450340	320	260
大哥大	都市恐怖病	九把刀	9789866815690	256	250
冰箱	都市恐怖病	九把刀	9789867929761	240	180
異夢	都市恐怖病	九把刀	9789867929983	304	240
功夫	都市恐怖病	九把刀	9789867450036	392	280
狼嚎	都市恐怖病	九把刀	9789867450142	344	270
依然九把刀（紀念版）	非小說・九把刀	九把刀	4710891430485		345
綠色的馬	九把刀中短篇 小說傑作選	九把刀	9789866815300	272	280
樓下的房客	住在黑暗	九把刀	9789867450159	304	240
獵命師傳奇 卷一～卷十二	悅讀館	九把刀			各180
獵命師傳奇 卷十三	悅讀館	九把刀	9789866815447	272	199
臥底	悅讀館	九把刀	9789867450432	424	280
哈棒傳奇	悅讀館	九把刀	9789867929884	296	250
魔力棒球（修訂版）	悅讀館	九把刀	9789867450517	224	180
都市妖1　給妖怪們的安全手冊	悅讀館	可蕊	9789867450197	240	199
都市妖2　過去我是貓	悅讀館	可蕊	9789867450241	232	199
都市妖3　是誰在唱歌	悅讀館	可蕊	9789867450272	208	180
都市妖4　死者的舞蹈	悅讀館	可蕊	9789867450357	240	199
都市妖5　木魚和尚	悅讀館	可蕊	9789867450395	240	199
都市妖6　假如生活騙了你	悅讀館	可蕊	9789867450425	200	180
都市妖7　可曾記得愛	悅讀館	可蕊	9789867450562	240	199
都市妖8　胡不歸	悅讀館	可蕊	9789867450623	240	199
都市妖9　妖・獸都市	悅讀館	可蕊	9789867450753	240	199
都市妖10　妖怪幫幫忙	悅讀館	可蕊	9789867450784	240	199
都市妖11　形與影	悅讀館	可蕊	9789867450951	240	199
都市妖12　小小的全家福	悅讀館	可蕊	9789867450982	240	199
都市妖13　圈套	悅讀館	可蕊	9789866815539	240	199
都市妖14　白鶴與蒼狼	悅讀館	可蕊	9789866815287	224	199
青丘之國（都市妖外傳）	悅讀館	可蕊	9789867450470	320	220
都市妖奇談 卷一～卷三（完）	悅讀館	可蕊	9789866815058		各250
捉鬼實習生 1 少女與鬼差	悅讀館	可蕊	9789866815119	208	180
捉鬼實習生 2 新學期與新麻煩	悅讀館	可蕊	9789866815126	240	199
捉鬼實習生 3 借命殺人事件	悅讀館	可蕊	9789866815263	352	250
捉鬼實習生 4 兩個捉鬼少女	悅讀館	可蕊	9789866815270	256	199
捉鬼實習生 5 山夜	悅讀館	可蕊	9789866815409	208	180
捉鬼實習生 6 亂局與惡鬥	悅讀館	可蕊	9789866815416	240	199
捉鬼實習生 7 紛亂之冬（完）	悅讀館	可蕊	9789866815515	240	199
捉鬼番外篇	悅讀館	可蕊	9789866815652	320	250
百兵　卷一～卷三	悅讀館	星子	9789867450456	192	各180
百兵　卷四～卷八（完）	悅讀館	星子	9789867450531	272	各199
七個邪惡預兆	悅讀館	星子	9789867450913	272	200
不幫忙就搗蛋	悅讀館	星子	9789867450258	308	220
陰間	悅讀館	星子	9789866815027	288	220
黑廟　陰間2	悅讀館	星子	9789866815577	256	220
無名指　日落後1	悅讀館	星子	9789866815362	336	250
囚魂傘　日落後2	悅讀館	星子	9789866815446	288	240
蟲人　日落後3	悅讀館	星子	即將出版		
太古的盟約　卷一～卷四	悅讀館	冬天			各240
太古的盟約　卷五～卷八	悅讀館	冬天			各199
惡魔斬殺陣　吸血鬼獵人日誌 I	悅讀館	喬靖夫	9789867450821	240	199
冥獸酷殺行　吸血鬼獵人日誌 II	悅讀館	喬靖夫	9789867450838	240	199

＊實際定價以各書版權頁為準

殺人鬼繪卷　吸血鬼獵人日誌Ⅲ	悅讀館	喬靖夫	9789867450920	240	199
華麗妖殺團　吸血鬼獵人日誌Ⅳ	悅讀館	喬靖夫	9789867450937	368	250
地獄鎮魂歌　吸血鬼獵人日誌 特別篇	悅讀館	喬靖夫	9789867450999	192	129
殺禪　全八卷	悅讀館	喬靖夫			各180
誤宮大廈	悅讀館	喬靖夫	9789866815423	256	220
天使密碼 01 河岸魔夢	悅讀館	游素蘭	9789866815386	272	220
天使密碼 02 靈夜感應	悅讀館	游素蘭	9789866815614	256	220
異世遊1	悅讀館	莫仁	9789866815584	304	240
異世遊2	悅讀館	莫仁			
伏魔　道可道系列1	悅讀館	燕壘生	9789867450630	168	139
辟邪　道可道系列2	悅讀館	燕壘生	9789867450647	168	139
斬鬼　道可道系列3	悅讀館	燕壘生	9789867450722	224	180
搜神　道可道系列4	悅讀館	燕壘生	9789867450739	224	180
道門秘寶　道可道系列5	悅讀館	燕壘生	9789866815522	320	250
活埋庵夜譚（限）	悅讀館	燕壘生	9789867450333	224	200
仇鬼豪戰錄 套書（上下不分售）	悅讀館	九鬼	9789866815379		499
彌賽亞：幻影蜃樓 上下兩部	悅讀館	何弼＆櫻木川	9789867450609	240	各180
銀河滅	悅讀館	洪凌	9789866815508	288	240
公元6000年異世界（新版）	悅讀館	Div	9789866815621	312	240
天外三國　全三部	悅讀館	Div			各180
永夜之城　夜城1	夜城	賽門・葛林	9789867450760	288	250
天使戰爭　夜城2	夜城	賽門・葛林	9789867450845	304	250
夜鶯的嘆息　夜城3	夜城	賽門・葛林	9789867450968	304	250
魔女回歸　夜城4	夜城	賽門・葛林	9789866815041	336	280
錯過的旅途　夜城5	夜城	賽門・葛林	9789866815232	352	299
毒蛇的利齒　夜城6	夜城	賽門・葛林	9789866815393	360	299
影子瀑布	Fever	賽門・葛林	9789866815607	464	380
德莫尼克（卷一）不是所有的孩子都是天使	符文之子2	全民熙	9789867450388	336	280
德莫尼克（卷二）微笑的假面	符文之子2	全民熙	9789867450418	336	280
德莫尼克（卷三）失落的一角	符文之子2	全民熙	9789867450449	336	280
德莫尼克（卷四）劇院裡的人們	符文之子2	全民熙	9789867450579	352	280
德莫尼克（卷五）海螺島的公爵	符文之子2	全民熙	9789867450692	336	280
德莫尼克（卷六）紅霞島的秘密	符文之子2	全民熙	9789866815089	368	280
德莫尼克（卷七）躲避者，尋找者	符文之子2	全民熙	9789866815355	368	299
德莫尼克（卷八）與影隨行（完）	符文之子2	全民熙	即將出版		
符文之子 卷一：冬日之劍	符文之子1	全民熙	9789866815133	360	299
符文之子 卷二：衝出陷阱，捲入暴風	符文之子1	全民熙	9789866815140	320	299
符文之子 卷三：存活者之島	符文之子1	全民熙	9789866815157	336	299
符文之子 卷四：不消失的血	符文之子1	全民熙	9789866815164	352	299
符文之子 卷五：兩把劍，四個名	符文之子1	全民熙	9789866815171	352	299
符文之子 卷六：封印之地的呼喚	符文之子1	全民熙	9789866815188	352	299
符文之子 卷七：選擇黎明（完）	符文之子1	全民熙	9789866815195	432	320
羅德斯島傳說1：亡國的王子	羅德斯島傳說	水野良	9789867450487	288	240
羅德斯島傳說2：天空的騎士	羅德斯島傳說	水野良	9789867450555	320	240
羅德斯島傳說3：榮光的勇者	羅德斯島傳說	水野良	9789867450586	304	240
羅德斯島傳說4：傳說的英雄	羅德斯島傳說	水野良	9789867450654	336	240
羅德斯島傳說5：至高神的聖女（完）	羅德斯島傳說	水野良	9789867450777	272	240
羅德斯島傳說（外傳）：永遠的歸還者	羅德斯島傳說	水野良	9789867450906	224	200
羅德斯島戰記1：灰色的魔女	羅德斯島戰記	水野良	9789867929563	304	269
羅德斯島戰記2：炎之魔神	羅德斯島戰記	水野良	9789867929570	336	299
羅德斯島戰記3：火龍山的魔龍（上）	羅德斯島戰記	水野良	9789867929723	240	210
羅德斯島戰記4：火龍山的魔龍（下）	羅德斯島戰記	水野良	9789867929730	296	250
羅德斯島戰記5：王者聖戰	羅德斯島戰記	水野良	9789867450166	384	330
羅德斯島戰記6：羅德斯之聖騎士（上）	羅德斯島戰記	水野良	9789867450173	286	260

＊實際定價以各書版權頁為準

國家圖書館出版品預行編目資料

獵命師傳奇. Fatehunter / 九把刀 著；
——初版.——台北市：蓋亞文化，2005【民94-】
冊；公分.——（悅讀館）
ISBN 986-7450-28-0（第3卷：平裝）

857.83 94002005

悅讀館 RE012

獵命師傳奇系列【卷三】

作者／九把刀（Giddens）
繪圖／翁子揚
出版社／蓋亞文化有限公司
地址◎台北市103赤峰街41巷7號1樓
電話◎（02）25585438 傳真◎（02）25585439
部落格◎gaeabooks.pixnet.net/blog
網址◎www.gaeabooks.com.tw
服務信箱◎gaea@gaeabooks.com.tw
投稿信箱◎editor@gaeabooks.com.tw
郵撥帳號◎19769541 戶名：蓋亞文化有限公司
法律顧問／義正國際法律事務所
總經銷／聯合發行股份有限公司
地址◎新北市新店區寶橋路二三五巷六弄六號二樓
電話◎（02）29178022 傳真◎（02）29156275
港澳地區／一代匯集
電話◎（852）27838102 傳真◎（852）23960050
地址◎九龍旺角塘尾道64號龍駒企業大廈10樓B&D室
初版二十刷／2015年9月
定價／新台幣 180 元
Printed in Taiwan

GAEA
ISBN／986-7450-28-0

RE012
GAEA

獵命師傳奇
天命在我・自創一格
——創意命格有獎徵文活動

替獵命師們構想奇命！為自己開創中獎命數！

由於反應熱烈，命格徵文活動將改爲每集固定舉行。我們會在每集《獵命師傳奇》出版前，固定由作者九把刀遴選2～3則投稿，讓你設計的命格在下一集《獵命師傳奇》的世界中登場！
獲選者可獲贈《獵命師傳奇》週邊商品，及九把刀最新作品一本。

■ 注意事項
◎命格投稿請比照書中一貫的描述格式，並填寫於本回函所附表格
◎請參加讀友留下正確姓名地址，以便發表時註明構想者與贈獎。
◎本活動遴選之命格使用權利歸蓋亞文化有限公司所有。
◎活動及抽獎結果，將於每集《獵命師傳奇》出版時公佈於蓋亞讀樂網。
◎本抽獎回函影印無效。

姓名：＿＿＿＿＿＿ **出生日期：** 年 月 日 **性別：**□男 □女
聯絡電話：＿＿＿＿＿＿
E-mail：＿＿＿＿＿＿
地址：□□□
＿＿＿＿＿＿

命格名稱：＿＿＿＿＿＿
命格：＿＿＿＿＿＿
存活：＿＿＿＿＿＿
徵兆：＿＿＿＿＿＿
＿＿＿＿＿＿
＿＿＿＿＿＿
特質：＿＿＿＿＿＿
＿＿＿＿＿＿
＿＿＿＿＿＿
＿＿＿＿＿＿
進化：＿＿＿＿＿＿

關於命格投稿，九把刀會針對讀者的想法創作更完整的設定修改，以符合故事的需要，或九把刀個人愛胡說八道的壞習慣。戰鬥吧！燃燒你的創意！

廣告回信　郵資免付
台北郵局登記證
台北廣字第675號

蓋亞文化有限公司　收

103 台北市赤峰街41巷7號1樓

Gaea

GAEA

GAEA